살구나무 아래에서

한의로 대를 잇는 아버지와 아들의 동의보감

살구나무 아래에서

전재규 지음

산지

프롤로그

이 아이를 포기하고, 다시 아들을 낳으십시오.

어릴 적 저는 유난히 기관지가 약했고, 잔병치레가 잦았습니다.

1979년 어느 더운 여름날, 길거리에 아이스케키 장수가 나타났습니다. 너무 먹고 싶어 어머니를 졸랐습니다. 아버지의 한약방 일을 돕느라 늘 혼자 놀아야 했던 아들에 대한 미안함에, 어머니는 투정을 차마 외면하기 어려웠을 것입니다.

그 아이스케키가 사단이 났나 봅니다. 그날 저녁부터 구토와 설사를 반복하다 급기야 고열에 쓰러졌습니다.

서둘러 찾은 동네 의원에서는 고개를 절레절레 저으며 대구의 큰 병원으로 보냈습니다. 당시 문경에서 대구까지는 차로 3시간. 부모의 입장으로선 참으로 견디기 힘든 고통의 시간이었을 겁니다.

그러나 막상 도착한 병원의 병원장에게 들은 이야기는 더욱 참혹했습니다.

"이 아이는 가능성이 없습니다. 아이를 포기하고, 아들을 하나 더 낳으십시오."

어머니는 그저 헛웃음부터 나왔다고 합니다. 너무 기가 막히고 허탈해서 나오는 웃음이었을 테지요. 병원에서는 치료할 필요가 없다고 입원도 시켜주지 않았답니다. 결국 부모님은 호흡곤란으로 힘들어하는 저를 안고 다시 문경으로 돌아오셨습니다.

되짚어 돌아오는 길은 얼마나 아득하고 막막했을까요.

가슴이 무너지고 말문이 막혀, 아마도 차창 밖을 하염없이 바라보지 않았을까요.

그러나 두 분은 포기하지 않으셨습니다. 아버지는 돌아오는 즉시 '청상보하탕(淸上補下湯)'이라는 처방을 하셨습니다. 어머니는 그 약을 밤새 달이며 아들을 간호하셨습니다.

기적같이 저는 죽음의 문턱에서 살아났습니다.

당시 명의로 유명한, 훗날 장관까지 지낸 병원장도 포기하라던 아이. 아버지의 절박한 처방과 어머니의 정성스러운 간호가 그 아이를 살렸습니다. 두 분 모두 자신의 목숨을 내주고 싶을 만큼 필사적이었기에 가능했을 겁니다.

죽음의 문턱에서 건져 올린 당신의 아들.

이제 당신처럼, 저 또한 아버지와 같은 길을 걷고 있습니다.

아버지가 그러했듯이 저 또한 환자의 아픔에 아파합니다.

아버지가 그러했듯이 치유의 기쁨에 환호합니다.

아버지가 그러했듯이 처방에 고심하며 하루 일과를 마무리합니다.

이 책은 아버지와 아들의 이야기입니다.

아버지가 걸어온 의업의 길을 되짚어 올곧게 이으려는 아들의 각오입니다. 그리고 고단했지만 위대한 삶을 사셨던 당신에 대한 찬사입니다.

아버지는 일제 강점기 가난한 농민의 아들로 태어나셨습니다.

국민학교 졸업이 정규 학력의 전부였습니다. 그 시기의 아버지들이 그러했듯이 상급학교를 진학할 상황이 안 되었을 뿐만 아니라, 어린 네 명의 동생들을 뒷바라지해야 했습니다.

당시 함창 지역의 유명했던 권약국에서 소위 머슴살이를 하며, 전통방식으로 다양한 약재의 재배, 건재, 수치까지 몸으로 습득하셨습니다. 고된 일과를 끝낸 후에도 쉴 틈이 없었습니다. 잠잘 시간을 아껴 주위의 뛰어난 스승들을 찾아가 처방과 침을 공부하셨습니다.

책이 귀했던 시절이었습니다. 의서는 더더욱 구하기 어려웠습니다. 아버지는 돈이 모이면 의서를 샀습니다. 아버지가 공부하셨던 책은 대를 이어 지금도 제 곁에 있습니다. 간간이 그때의 책을 꺼내 들곤 합니다. 낡고 해어져 여러 번 덧입힌 책표지, 페이지 여백마다 써놓은 작은 글씨들을 볼 때마다 한의학에 분투했던 당신의 젊은 시절이 떠오릅니다.

영창당(永昌堂)한약방에서 의인(宜仁)한의원까지.

한의학에 대한 아버지의 열정은 그대로 아들인 저에게로 대물림되었습니다. 그리고 당신이 돌아가시는 순간까지 한결같이 이어졌습니다. 함께 약재를 공부했던 여정, 함께 처방을 연구했던 시간들, 당신과 저는 같은 배를 탄 의자(醫子)이기도 했습니다.

대를 이은 의업.

부친의 46년 가업을 잇는다는 것의 무게는 결코 가볍지 않았습니다. 의술과 지식을 열심히 연마하는 것은 당연했습니다. 아버지는 단 한 명의 환자에게도 최선을 다하는 마음가짐을 늘 강조했습니다. 그리고 당신의 삶으로 보여주셨습니다.

지금도 아버지의 처방전을 찾아봅니다.

환자에 대해 치열하게 고민했던 당신의 열정과 헌신을 마주할 때마다 저는 벅찬 감정에 사로잡히곤 합니다.

경북 문경의 작은 한약방에서 대를 이은 의업의 가치를 특별히 소중하게 생각했던, 그리고 부족한 아들에게 당신이 보여주신 빛나는 사랑의 이야기를 이제 펼쳐보려 합니다.

2021. 1. 저자 전재규

CONTENTS

Chapter 1 · 살구나무 아래에 서서

Chapter 2 · 대를 이은 의업의 길

Chapter 3 · 길 위의 한의사

Chapter 4 · 나를 뛰어넘어라

Chapter 5 · 마지막 처방전

Chapter 1

살구나무 아래에 서서

아버지라는 나무 아래서 뛰어 놀았다.

햇살이 비칠 때도 비바람이 불 때도.

가지 끝에 달려 있던 의업이라는 열매를 맛보며 자라났다.

그리고 커서야 보게 되었다.

아버지라는 나무에 새겨진 인고의 옹이들을.

그리고 커서야 알게 되었다.

아버지는 커다란 살구나무였음을.

아버지의 아들로 태어나서 감사해요

“아버지, 불임 환자에겐 어떤 처방을 써야 합니까?”

병상에 누워 계신 아버지 곁에서, 난 당신의 말씀을 한마디 한마디 놓치지 않은 채 적고 있었다.

아버지는 짐짓 눈을 흘기다, 미소를 지으며 대답하셨다.

“조경종옥탕 써 봐. 잘 안되면 귀비탕도 써 보고. 오래될수록 세 제(劑) 이상은 써야 해.”

“남자는요? 남자는 약을 안 써도 될까요?”

“너는 한의대에서 어떻게 배웠냐?”

아버지는 나의 실력을 확인하고 싶어 했다.

“사육탕에 토사자, 구기자, 골쇄보, 파극 이런 거 넣으라고 배웠는데요.”

“그것만으론 부족해, 백강잠이랑 황기도 같이 넣어. 양도 배방(倍方)으로 하고.”

처방에 관한 대화를 시작하면 하나라도 빠뜨릴세라 생각나는 관련 처방과 약재 등을 상세히 말씀하셨다.

"아버지, 오늘 당뇨 환자가 왔는데요. 황기, 맥문동, 인삼, 이걸 기본으로 쓰면 잘 될까요?"

"낫는다고 그랬냐?"

"그래도 희망은 줘야죠. 양약을 쓰면서 한약을 함께 쓰자고 했습니다."

"거기에 사삼, 진피도 더해 봐. 그리고 길게 써야 해. 이건 확답하면 안 돼. 당뇨는 어려워."

콜록. 아버지는 말하기가 힘든지 잠시 일어나서 가래를 길게 뱉으셨다.

"아버지, 나가서 좀 걸을까요?"

아버지는 고개를 끄덕이셨다. 당신을 부축하고, 함께 나란히 병동을 걷기 시작했다.

대학로 서울대병원 7층은 간암 환자 병동이었다. 병원은 열십자 형태의 특이한 건물 구조였다. 아버지는 링거줄이 달린 폴대를 잡고, 복도를 끝까지 갔다가 돌아오곤 하셨다.

어제는 바로 일어나지 못해 화장실 문을 열기 전 바지에 실수를 하셨다. 난 웃으며 닦아냈다. 하지만 당신은 그것이 부끄러웠는지, 다시금 운동을 해야겠다며 의지를 보이셨다. 아버지는 이미 10kg 이상 빠져 예전의 풍채 좋던 모습은 온데간데 없었다. 복도를 10여 분 정도 걷고, 중간에 있는 휴게실에 앉았다.

아버지가 천천히 눈을 감았다 뜨며 입을 여셨다.

"다시 시작하자. 감기 환자 처방은 어떻게 하냐?"

"삼소음원방, 콧물 환자는 소청룡탕 위주로 합니다."

"삼소음원방 쓰냐? 원방으론 안된다. 너는 고집이 세 이 아비의 말을 정말 안 듣는구나."

약 처방에 대한 관점에선 나 또한 양보할 수 없었다. 아버지가 투병 중이라도 마찬가지였다.

"기본적으로 비위를 보하면서 기침을 다스리므로 원방이 더 좋은 듯합니다."

아버지의 목소리가 갑자기 커졌다.

"이 녀석아, 일단 기침이 멎어야지. 그러려면 백부근, 전호, 패모, 소자를 더 넣어야 해. 내가 수십 년 해보고 하는 말이다. 네가 대학에서 잘 배웠어도 이런 건 임상의 경험으로 알 수 있는 거다."

휴게실 옆 병실의 환자가 화를 냈다. 시끄러워서 잠을 잘 수 없단다.

미안한 마음이었지만, 난 아버지와의 대화를 멈출 수 없었다. 한의사인 나에겐 얼마 남지 않은 아버지의 삶이 보였기 때문이다. 더 배우고, 더 알아내고, 더 익혀야 할 바들이 여전히 무진장했다.

평생 한약방을 하신 아버지도 같은 예감을 하셨으리라.

아버지와 난 병원에 있는 동안 이런 문답을 계속했다. 아버지의 병세가 점점 위중해짐에도 불구하고 부친의 46년 가업, 영창당한약방은 그렇게 이어져야만 했다.

아버지가 입원한 지 벌써 두 달이 흘렀다.

첫아이의 백일이었던 지난 11월 28일, 백일잔치는 집에서 조촐하게 치뤘다. 100이라는 숫자의 초를 꽂은 케익을 준비했고, 딸아이에게 색동옷을 입혔다.

생명의 기운이 막 피어나는 손주와 달리, 아버지는 암 수술 이후 눈에 띄게 수척해지고 있었다.

백일이 된 손녀를 안고는 '어구구구 까꿍'하며 아이와 눈을 맞추셨다. 이내 힘에 부치는지 아이를 나에게 넘겨주셨다. 그리고는 갑작스런 복통에 배를 움켜잡으셨다. 방으로 들어간 아버지는 끙끙 신음을 토해내며 앓으셨다.

그날 아버지는 고열에 시달리며 배를 쥐어짜는 고통에 힘들어했다. 좋지 않은 예감에 아버지를 등에 업고 서울대병원 응급실로 달려갔다.

하루 이틀이면 괜찮아지리라 생각했다. 하지만 오한과 고열이 반복돼 퇴원 날짜를 잡지 못했다. 보름이 지나서야 겨우 열이 내려 퇴원이 허락되었다.

그러나 퇴원 전날, 예기치 못한 급성황달이 왔다. 수술을 해야 했다. 며칠이 또 흘러갔다. 다시 퇴원을 앞두고 있었지만 이번에는 구급차로 이동하다가 부주의로 담즙을 빼기 위한 호스가 옆구리에서 빠지는 사건이 발생했다. 응급 시술로 이어졌다. 결국 한 달을 넘기고, 성탄절과 새해 첫날을 병실에서 맞아야 했다.

나는 한의원 진료를 끝낸 후, 아버지를 간병하기 위해 서울대병원으로 달려갔다. 이제 갓 백일이 넘은 딸아이를 집에 두고서.

얼마 전 뒤집기를 시작한 아이가 눈에 아른거렸다. 병실 한 켠에서 쪽잠을 자며 아버지를 간병하고, 아침이 되면 한의원으로 출근했다. 주말에도 내내 아버지 곁에 있었다. 어느덧 병원에 입원한 지 두 달이 넘었다.

두 달여의 입원 기간, 환자도 보호자도 힘겨운 시간이었다. 그러나 부자지간에는 오랜만에 함께 많은 대화를 나눈 시간이기도 했다.

****

하루만 더.

그저 이 밤을 넘기길 기도했다.

당신의 이야기는 끝나지 않았기에 나는 아직 당신을 보낼 수 없다.

아버지는 거칠게 숨을 내쉬었다.

며칠 전부터 호흡기를 달았다. 산소포화도가 내려갈 때면 숨쉬기가 힘드

신지, 멍한 눈빛으로 허공을 바라보며 식은땀을 비오듯이 흘렸다.

아버지의 헐떡이는 숨소리만이 병실을 채우고 있었다. 잠들 수 없는 밤이었다. 고통스러워할 때마다 진통제를 투여할 뿐, 더 이상 할 수 있는 치료는 없었다.

아버지는 초점이 흐려진 눈으로 나를 바라보았다. 난 아버지의 손을 꼭 잡았다. 혈관과 힘줄이 드러난 앙상한 손, 이 손을 놓으면 절벽에서 떨어질 것만 같았다.

손수건을 꺼내 아버지의 얼굴에 흐르는 땀을 닦았다.

지난주까지만 해도 아버지는 힘들어하긴 했어도 지난 일들을 추억하며 많은 이야기를 하셨다. 하지만 지금은 한마디의 말씀조차 만만치 않은 듯했다. 차라리 정정하던 시절 당신의 호통과 잔소리가 그리웠다.

병마와 한창 싸울 때는 완치를 기대했다.

입원이 길어지며 어느 순간부터 기적을 소망하고 있었다.

그리고 오늘, 참을 수 없는 고통에 힘겨워하는 아버지를 보며 난 기도했다.

하루만 더 허락해 달라고, 고향 땅을 한 번만 밟게 해달라고.

고향에서 당신의 긴 여행을 마치게 해 달라고.

2010년 1월의 마지막 날.

산소포화도가 다시 내려가며, 기계음이 거칠게 울렸다. 놀란 간호사는 바이탈 사인을 체크했다. 혈압이 내려가자 다시 승압제를 투여했다. 담당의사는 동공반사 등 환자 상태를 확인하고는 분주히 어딘가에 전화를 하며 바삐 움직였다.

“아버지의 아들로 태어나서 감사해요.”

나는 아버지의 귓가에 속삭였다.

아버지는 깎지 못한 하얀 턱수염으로 나의 볼을 비벼주었다.

‘이제 고통 없이 편히 가셨으면 좋겠어요.’

속말을 중얼거리며 아버지의 푹 패인 볼에 입술을 맞추었다. 아버지는 내 얼굴을 힘겹게 어루만졌다.

그렇게 아버지와 작별하기 이틀 전날 밤이 흘러갔다.

아버지는 결코 포기하지 않는다

나는 철부지였다.

학교에 가기 싫었다. 2부제 수업을 했던 초등학교 1학년 시절, 동네 아이들은 나를 학교에 데리고 가기 위해 12시가 되면 우리 집으로 왔다.

문경군 점촌읍 모전리, 초등학교로 가는 길목에 우리 집이 있었다. 철없는 아들을 달래다 지친 부모님은 학교로 가는 꼬맹이들을 붙잡고 부탁을 했다. 나는 엉엉 울면서 버텼고, 동네 친구들은 나의 팔을 잡고 학교까지 질질 끌듯이 데려가곤 했다.

거짓말을 하고 학교 대신 냇가에서 놀던 날, 담임선생님은 학교에 오지 않았다며 집으로 전화를 했다. 게다가 학용품 사라고 준 돈으로 평소 갖고 싶었던 장난감을 샀다. 집으로 들어서는 순간, 내 손에 들려 있는 장난감을 본 아버지는 불같이 화를 내셨다.

그날 아버지는 처음으로 매를 들었다. 그동안 허허 웃으며 어린 아들을 관대한 눈빛으로 지켜보던 아버지는 더는 안 되겠다고 단단히 결심한 듯했다. 아버지의 회초리는 어린아이라고 봐주지 않았다. 몇 대를 맞자 종아리가 벌겋게 부어올랐다. 아버지는 잘못했다고 눈물 흘리는 나에게 가차 없이 20여 대를 때렸다.

그것도 부족하다 생각하셨는지, 한약방 앞에서 무릎을 꿇고 손들고 있으라고 했다. 지나가는 어르신들은 한마디씩 꾸중을 했고, 친구들은 약을 올리며 놀려댔다. 주눅이 들고 부끄러워 나는 차마 고개를 들 수 없었다.

한 시간이 지나서야 아버지는 약방 안으로 나를 불렀다. 종아리는 매 자국으로 선명했고, 눈물을 흘려 눈도 부어 있었다. 나는 아버지를 보자마자 잘못했다며 싹싹 빌기 시작했다.

"아버지 잘못했어요. 한 번만 봐주세요."

"이 녀석아, 이제 학교에 제대로 다닐 테냐?"

나는 훌쩍거리느라 냉큼 대답도 못한 채 연신 고개만 끄덕였다. 그런 아들이 안쓰러웠는지 서주우유와 삼립빵 하나를 건네셨다.

"네가 어릴 적 이야기 하나 해주랴?"

아버지는 나를 지긋이 바라보다가 그날의 기억이 떠오르는지 창밖을 보며 한숨을 내쉬었다.

"아이스케키 먹고 많이 아팠던 거 알아?"

난 고개를 가로저었다. 네 살이었으니 기억이 날 리 없었다.

“그때 네 엄마가 고생을 많이 했다. 난 할아버지 댁에 펌프가 고장 나서 함창에 가 있을 때였지.”

처음 듣는 얘기에 난 눈을 동그랗게 뜨고 아버지를 바라보았다.

“가서 보니 펌프의 부품을 교체하는 수밖에 없더라. 그래서 고칠 사람을 찾느라 밖으로 나갔지. 할아버지랑 할머니는 그날따라 경로당에 나가 있었고……. 그때 일이 벌어졌다. 한약방 앞에 아이스케키 장수가 왔었는데, 네가 먹고 싶다고 엄마한테 졸랐다는구나. 그 아이스케키가 문제였던 모양이다. 그날 오후부터 네가 많이 아팠다.”

“병원에 가서 주사 맞은 거예요?”

“주사로는 어림없었다. 점촌에선 고칠 사람이 없어 대구까지 가야만 했어. 요즘처럼 전화가 잘 될 때가 아니었지. 엄마는 교환원 통해서 할아버지 댁에 급하게 전화를 걸었지만 난 밖에 있느라 전화를 받지 못했다. 네 엄마는 할아버지 댁이랑 주변 집이랑 다 전화를 걸었지만, 그날따라 다 전화가 안 된 거야. 엄마가 그때 얼마나 걱정이 많았겠니? 애는 토하고, 설사하고, 고열에 축 늘어져 있지, 나한테는 연락 안 되지.”

아버지는 그때를 생각하면 목이 타는지 물을 한 모금 마셨다.

“엄마는 강한 사람이다. 집에 편지를 남겨놓고 차를 타고 대구로 갔어. 난 늦은 밤 집에 와서야 대문에 붙여놓은 네 엄마의 편지를 보게 되었다. 아들이 고열에 쓰러졌다고……. 아무것도 안 보이더라. 그때만 해도 밤엔 택시가 많이 없었다. 오래 기다렸다가 잡으면 대구는 멀다고, 돌아올 때 그냥 돌아와야 한다고 안 가겠다고 하는 거야. 택시 기사를 잡고 사정사정을 했다. 나중에는 무작정 타고 버텼다. 아들이 죽어간다고."

목숨이 위태로웠던 어린 시절 이야기를 난 숨죽여 들었다.

"새벽 무렵, 대구 큰 병원에 도착해서 엄마와 널 보았다. 넌 여전히 몸이 펄펄 끓고 있었고, 그 와중에도 토하고 설사를 하더라. 얼마나 설사를 했던지 나중엔 나오는 게 없더라. 노란 물을 토하고, 변엔 피가 묻어 나오더라. 엄마는 이미 반은 정신이 나가 있었고……."

아버지는 이야기를 잠깐 멈추었다. 그날의 기억이 지금도 고통스러운지 눈을 감으셨다. 나는 종아리의 통증도 잊은 채 아버지의 말씀에 귀를 기울였다. 약방 벽에 걸려 있는 태엽시계의 추가 똑딱거리며 정적을 깨고 있었다.

아버지는 길게 숨을 토하고는 다시 말씀을 이어 나갔다.

"당시에 대구에서 제일 유명한 의사를 만났지. 나중엔 장관도 한 양반이야. 그 사람이 뭐랬는지 아니?"

아버지는 떨리는 목소리로 말을 이었다.

"살아날 가망이 없으니, 입원할 필요도 없고, 아들을 새로 낳으라

하더라."

내가 죽을 수도 있었겠다는 생각에 처음에는 머리가 텅 비어버린 느낌이었다. 곧 무서움이 밀려와 어깨를 떨었다. 내 속을 훤히 꿰뚫기라도 한 듯 아버지가 내 어깨를 가볍게 다독였다.

"축 처져 있는 조그마한 널 보며, 무슨 수를 써서라도 살리겠다고 결심했다. 큰 병원에서는 포기했지만, 애비는 아들을 결코 포기할 수 없는 법이지. 난 의서를 뒤지며 여러 가지 처방을 했다. 엄마는 아궁이에 불을 붙여서 밤새 약을 달이고 또 달여서 너에게 먹였어."

나는 입 안에 넣은 삼립빵을 씹지도 삼키지도 못한 채 다음 말을 기다렸다.

"몇 가지 처방을 했지만 듣지 않았다. 마지막에 '청상보하탕(淸上補下湯)'이라는 처방으로 약을 복용한 후, 다음 날 새벽부터 거짓말 같이 열이 떨어지더라. 점심으로 죽을 조금 먹기 시작했다. 저녁이 되자 말도 못하던 네가 엄마 아빠를 부르더구나."

아버지는 다시 말씀을 잇지 못했다. 눈시울이 붉어져 있었다.

"아들아, 종아리 많이 아프냐?"

아들의 종아리가 붉게 부어오른 걸 본 아버지는 책상 서랍에서 자운고(紫雲膏) 연고를 꺼냈다. 뚜껑을 열자 연고의 화한 향기가 코를 자극했다. 손끝에 연고를 듬뿍 담아 종아리 구석구석 발라주었다. 아버지의 손길이 닿을 때마다 참기 힘든 쓰라림에 나는 끙끙거렸다. 아버지는 그 모습이 안쓰러웠던지, 약장에서 몇가지 약재를 담아 첩약을 짓고는 탕약을 달였다.

학교를 가기 싫어했던 철없는 아이였지만, 그때 그 순간만은 아버지의 마음이 느껴졌다. 그리고 작은 결심을 했다. 학교에 가지 않는 일로, 다시는 아버지의 마음을 아프게 하지 않겠다고.

나는 다음 날부터 제일 먼저 학교에 가는 학생이 되었다.

****

"이제 손 쓸 방법이 없습니다."

담당의가 아버지 곁을 지키고 있던 나를 밖으로 불러 전해준 말이었다.

2월 1일 새벽이 밝아오고 있었다. 힘겨운 밤이었다.

바람에 흔들리는 촛불처럼 위태로웠지만, 아버지는 1월의 마지막 날을 버티어냈다.

당신과 함께 맞이하는 새벽. 내일도 함께 여명을 바라볼 수 있을까.

머릿속이 혼란스러웠다. 고개를 떨구었다. 그리고 다시 하늘을 바라보았다. 영하의 기온 탓에 유리창 가장자리엔 서리가 끼어 있었다. 마음은 더욱 춥기만 했다.

이제 어쩌지…….

한의원의 부원장에게 전화를 걸었다. 이번 주 진료를 부탁하였다.

심한 통증을 호소하던 아버지는 몰핀주사를 맞고서야 잠깐 잠이 들었다. 숨을 헐떡이는 모습을 보면서 당신의 고통을 나눠지고 싶다는 생각을 했다.

모두가 고개를 젓고 있다.

지금이라도 기적은 있을까? 난 아버지의 아들로, 한의사로 최선을 다하고 있는 걸까?

아버지의 거친 숨소리를 들으며, 난 생사를 헤맸던 어린 시절의 여름날을 떠올리고 있었다.

죽음의 문턱에 선 아버지.

더 평안한 곳으로 당신을 데려가려는 하느님.

그분의 품에서 안식하길 바라면서도, 난 아버지의 손을 놓지 못하고 있었다.

아버지, 나의 아버지.

아버지의 눈물

"애가 까무러쳤어요. 열도 펄펄 나고요."

자정이 훨씬 지났을 무렵이었다. 동네 사람이 깰 정도로 소리를 지르며 약방 문을 두드리는 사람이 있었다. 갓 돌이 지났을 아이를 품에 안은 젊은 부부였다. 얼마나 경황이 없었는지 신발도 신지 않은 채였다.

안채에서 잠을 청하던 아버지도 부부의 다급한 목소리에 서둘러 약방으로 나왔다.

"한약방에서 치료할 수 없어요. 시내 병원으로 가보세요."

아버지의 말에 부부는 간절히 매달렸다.

"아이고, 우리 애 좀 살려주세요. 병원마다 전화도 안 받고요. 아이 삼촌이 시내에 나갔는데, 문 연 병원이 없대요."

가까이에 병원 응급실이 없던 시절이었다.

아이가 열로 경기(驚氣)가 일어날 땐 초반 응급처치가 중요하다.

아버지는 어떻게 해야 하나 잠시 고민했지만, 촌금을 다투는 위중한 아이를 그대로 보낼 수는 없었다. 아버지는 능숙하게 응급처치를 했다. 아이는 눈빛이 돌아오며 점차 안정되어 갔다.

아이의 부모는 아버지에게 허리를 절반은 숙이며 여러 번 인사를 했다. 본인이 맨발로 왔다는 사실도 모르고 우리 집 신발을 신고 집으로 돌아갔다.

땀이 절로 흐르는 날씨였다.

해는 중천에 떠 있고, 사람들이 나무 그늘로 피해보지만, 7월의 무더운 날씨를 이길 수는 없었다. 학교를 마친 나는 쭈쭈바를 입에 물고, 동네 친구들과 함께 집으로 돌아오고 있었다.

담배를 피우며 나무에 기댄 낯선 남자가 힐끔힐끔 한약방 쪽을 바라보고 있었다. 남자는 최근 여러 번 우리 집 근처에 나타났다. 점촌 사람인 듯했지만, 흘겨보는 눈빛이 심상치 않았다.

한밤에 다급하게 왔었던 아이의 아빠는 낮에 다시 찾아왔다. 한 손에는 돼지고기 한 근이, 다른 한 손에는 실수로 신고 간 신발이 들려 있었다. 연신 감사 인사를 하며, 한편으로 방에 있는 다른 환자들에게 "전약국 어른이 용하다"는 말을 거듭했다.

아버지는 아이가 괜찮아져 다행이라며 선물은 받지 않고 집으로 돌려보냈다. 아이의 아빠는 간밤의 기적에 감격했는지 길거리의 사람들 앞에서도 계속 전약국 자랑을 했다. 낯선 남자에게도 아버지의 침술 실력이 대단하다고 이야기했다. 남자는 뭔가 한 건 건진 듯한 회심의 미소를 지었다.

1963년 고향을 떠나 점촌에서 한약방을 연 이래, 아버지는 오랫동안 가난에 허덕였다. 집이 따로 없어서 한약방에서 숙식을 해결했다. 다섯 남매 학교 보내기 버거웠던 시절도 있었다. 집세를 내지 못해 부모님은 누이를 임신한 채 쫓겨나기도 했다.

하지만 아버지에게는 타고난 성실함과 선한 품성이 있었다. 점차 주위 사람들에게 인정받기 시작했고, 나를 낳을 때쯤엔 많이 알려져 자리를 잡게 되었다. 80년대 들어서는 외부에서도 일부러 찾아오는 의원으로 명망이 높았다.

1980년대 탄광 도시였던 점촌은 지역 경기가 좋았다. 당시 인구 15만의 작은 도시였지만 영화관이 세 개나 있었다. 우스갯소리로 점촌의 개들은 돈을 물고 있다는 얘기가 떠돌 정도였다.

병원도 그만큼 많이 들어섰다. 한의원 또한 주위에 많이 개원했다.

경쟁이 치열해지면 시기와 질투가 생기는 건 당연지사. 한약방을 하는 아버지를 견제하는 이들이 생겨났다. 민원을 넣어 한약방을 감시하는 움직임도 종종 있었다. 경기를 일으켰던 아이를 치료한 그날, 밖에 서 있던 사내도 그중의 하나였다.

다음 날 보건소에서 머리가 약간 벗겨지고 배가 불뚝 나온 안 과장이라는 사람이 한약방으로 찾아왔다. 민원이 들어왔다며 아버지와 30분간 면담을 했다.

아버지는 진술서와 여러 가지 서류를 작성해야 했고, 기다리던 손님들은 어쩔 수 없이 돌아가야 했다. 지켜보던 어머니는 속이 상하신 듯 등을 돌리며 근심스런 표정을 지었다.

저녁엔 또 안 과장의 동료라는 분이 찾아왔다. 투박한 말투에 말이 느린 선한 인상이었다. 먼 친척이기도 해서 종종 집에도 찾아오는 분이었다. 난감한 표정을 지으며 아버지에게 이것저것 물으셨다.

"저도 참 곤란하네요. 전약국 어르신, 민원이 벌써 몇 번씩 들어왔어요. 저도 그 이야기 들었어요. 문제는 아이 아빠가 전약국 용하다고, 여기저기 이야기를 너무 많이 했나 봐요. 병원 문 연 데도 없고, 애가 죽어가는데 치료해준 게 뭐가 잘못이에요. 그런데 말이에요. 저도 공무를 하다 보면, 양쪽을 다 들어줘야 하는 상황이라 계속 어르신 편을 들 수가 없는 상황이네요."

결국 며칠 뒤 행정 경고가 떨어졌고, 아버지는 그 후로 침을 잡지 않았다.

아버지는 당시 지역에서 가장 유명했던 권약국에서 한의학을 공부했다. 당신의 인생에서 집안을 건사하기 위한 선택이었다. 그러나 최라 할 만했다. 왜냐하면 당신이 좋아하고, 잘하는 인생의 었기 때문이다.

하기를 일삼는 세상 사람들은 아버지의 학력을 향해 비난의 을 쏘았다. 실상 아버지는 전통방식으로 10년간 궂은일을 다하며 익힌 것이다.

한약뿐 아니라 침술 또한 높은 경지에 올랐다. 그러나 안타깝게도 한약업사 업권의 한계상, 침을 더 이상 놓을 수 없었다.

한의사들이 많이 배출되고, 한약업사 업권은 점점 위축된 상황에서 아버지의 면허로 할 수 있는 범위가 제한 되었다. 또한 한약을 취급하는 약국도 늘어나면서, 아버지에게 한약재를 공급받으면서도 실제로는 견제를 많이 했다.

그날의 일은 다급한 상황에서 환자의 고통을 외면하기 힘들어 베푼 호의였다. 그 호의가 오히려 칼이 되어 아버지를 찌른, 깊은 슬픔을 준 사건이 되고 말았다.

그날, 늦은 밤이었다. 밤에도 기온이 내려가지 않아 잠이 들기가 쉽지 않았다. 벌레들은 마당에 켜놓은 작은 불빛 앞에 수없이 몰려들었다. 아버지가 돌아오지 않아 어머니가 켜놓은 등이었다.

자정이 다 되어서야 아버지는 휘청거리며 터벅터벅 들어오셨다. 아버지의 그림자는 등이 휘어진 채 흐릿하게 그의 뒤를 따라오고 있었다. 아버지는 사업적인 이유로 술을 여러 차례 드시긴 했지만, 늦게 들어오시는 일은 거의 없었다.

그날 어머니는 남편의 늦은 귀가를 타박하지 않았다. 아버지의 겉옷을 말없이 받아 걸었고, 이불장 안 구석에서 아직 식지 않은 밥을 꺼내 소박한 밥상을 차리셨다.

아버지는 밖에서 술을 드시고 들어온 날에도 집에서 식사를 하셨다. 평소라면 밥과 국을 다 비우실 터인데 그날은 입맛이 없으신 듯했다. 아버지 이마의 주름이 한층 짙어 보였다.

말없이 밥을 반쯤 드시다가, 잠들지 않고 아버지를 기다렸던 나와 눈이 마주쳤다. 동그란 눈으로 아버지를 바라보던 나에게 잠긴 목소리로 입을 여셨다.

"재규야, 한의사가 되는 건 어떠냐?"

아버지의 목소리는 가늘게 떨렸다. 입에선 막걸리 냄새가 흘러나오고, 술 기운에 얼굴은 붉어져 있었다. 아들을 지긋이 바라보던 당신의 눈가에 얼핏 물기가 어렸다.

여덟 살 나에게도 아버지의 슬픔이 느껴졌다.

엄격하고 강인한 아버지였다. 처음으로 마주하는 아버지의 서글픈 모습이 낯설기만 했다. 아버지도 눈물을 흘릴 때가 있다는 것을, 그리고 남자는 그런 모습을 가족 앞에 내색하지 않으려고 한다는 것을 어렴풋이 느꼈다.

철없던 아들이었지만, 그날 하루 부쩍 커버린 느낌이었다. 아버지가 왜 눈물을 흘렸는지, 나는 묻지 않았다. 대신 또렷한 목소리로 말했다.

"저는 대통령이 되고 싶어요."

희망을 물을 때마다 나는 그렇게 대답해왔다. 그때마다 아버지가 빙긋이 웃으셨기에 이번에도 아버지를 미소짓게 하고 싶었다.

"한의대도 한 번 생각해 보거라. 이제 동양의 시대가 다시 온다. 환자를 낫게 하면 보람도 있고, 나이 들어도 할 수 있고."

"아빠, 전 대통령이 돼 대한민국을 세계에서 제일 강한 나라로 만들고 싶어요."

아버지는 잠자코 고개만 끄덕였다. 돌이켜 생각하면 아버지의 뜻도, 당신의 서글픔도 제대로 알 길이 없는 어린 아들이었다.

"재규가 한의사가 되면 좋겠다."

아버지와 어머니는 잠들기 전까지 이런저런 말씀을 나누셨다. 안방 한쪽에서 부모님과 함께 자던 나는 그날따라 잠이 오지 않았다.

그날 동네 친구와 늦은 밤까지 대포 한잔하며, 답답했던 지난날을 이야기했으리라. 그리고 한약업사로 사는 아버지의 가슴 속 아쉬움을 털어냈으리라. 아마 내심 아들이 자신의 뒤를 이어줬으면 어떨까, '대를 이은 의업'에 대해 생각했으리라.

"재규가 그저 평범하게 커서 잘 살았으면 좋겠다."

"그게 우선이겠지."

속삭이는 부모님의 말소리가 들려왔다.

아들이 클 때면 세상은 또 달라질 거라며 두 분은 밤늦게까지 이야기를 하셨다. 어린 나는 어른들의 속을 알 수 없어 고개를 갸우뚱거렸다. 꼼지락거리며 잠들지 못하는 나를 보고서 두 분은 말씀을 멈추었다. 얼른 자라며 자리에 누우셨다.

아버지는 양가감정이 들었으리라. 속 깊은 당신은 대를 이은 의업을 생각하면서도, 그저 아들의 무탈함과 평범한 행복을 빌었으리라. 아들이 무슨 직업을 선택하더라도 말이다.

아버지의 뜻을 사춘기가 지나며 조금씩 이해하기 시작했다.

늦은 밤까지 처방을 고심하고, 묵묵히 약을 조제하고 탕전하는 아버지의 모습을 옆에서 지켜보았다. 아버지에게 환자의 의미가 무엇인지, 가장의 책임감이란 어떤 것인지 가슴으로 느낄 수 있었다.

나는 아버지가 안방에서 잠을 청하실 때 뭉친 어깨를 안마해 드리곤 했다. 그럴 때면 아버지는 미소를 짓고 턱수염으로 나의 얼굴을 비벼주셨다.

아버지가 어린 시절 무심코 건넸던 한의사의 꿈을, 어느 순간부터 나도 가슴에 품기 시작했다. 그리고 몇 년이 흘러 한의대에 입학을 했고, 아버지의 말씀은 현실이 되었다.

하지만 아들은 한의대에 입학한 후에도 세상을 알고 싶어 했다. 학업에 몰두할 시간에 식당에서 일을 하고, 일용 노동자로 돈을 벌기도 했다. 입학 초 한약 분쟁이 일어났을 때, 분개하며 한의대를 그만두고 다른 과를 가겠다고 한 적도 있었다.

그때도 아버지는 흔쾌히 아들을 응원했다. 네가 하고 싶은 일을 하라고.

아버지는 그런 분이었다.

아버지의 아들로 당신과 36년을 살면서 난 가슴으로 절절히 느꼈다.

당신의 간절함이 무엇인지, 당신이 생각하는 사랑이 어떤 것인지.

살구나무 숲

“인사드려라. 남강 선생님이시다. 네 이름을 지어 주셨다.”

튀어나온 광대뼈, 카랑카랑한 목소리, 흰 수염. 하얀 도포에 갓을 쓰시고, 아직 곰방대를 가지고 다니며 담배를 즐겨 피셨다. 한눈에 보기에도 깐깐한 어르신이었다. 아버지는 퇴계 선생 후손이라는 이분을 어른으로 깍듯이 모셨다.

나는 남강 선생님께 큰절을 한 뒤, 무릎을 꿇고 있었다.

아버지가 말씀하셨다.

“선생님, 아들이 말을 잘 안 듣네요. 공부도 게을리하고요.”

할아버지는 말씀에 앞서 곰방대부터 꺼내 내 머리를 때리려 하셨다.

“예끼, 이 녀석아. 공부를 안 해?”

고령에도 목소리가 쩌렁쩌렁 울렸다. 방 안에 손님이 꽉 차 있었고, 뭇 시선이 나에게로 쏠렸다. 어린 나는 얼굴이 달아오르고 부끄러웠다. 괜한 이야기를 하신 아버지에게 섭섭한 마음이 들었다.

"이 녀석아, 너는 국파(菊坡)선생 38대손이야. 그분이 누군지 아냐? 전(全)자 원(元)자 발(發)자 어르신, 고려시대에 원나라에서 병부상서 하신 분이야. 요즘 같으면 미국 국방부장관인 셈이지."

집안의 역사 이야기를 이어가셨다. 어린 나에게는 어렵기만 했다.

"너 그때 역사 아니? 원나라가 힘이 세고, 고려가 원나라에 조공바치던 시절, 국파 할아버지가 원나라 황제에게 고려는 작고 약한 나라이니, 조공을 감면해 달라는 상소를 여러 번 올렸다고 해. 그래서 고려에서 원으로 가는 조공과 공녀가 크게 줄었지. 고려에 큰 공을 세우신 어른이야."

그러고 보니 아버지에게 이야기를 들었던 적이 있었다. 딱히 주의 깊게 마음에 새겨두지는 않았다.

어르신이 다시 질문을 했다.

"너 본(本)이 뭐냐?"

"본요? 본……."

이제 열 살짜리 아이에겐 쉽지 않은 질문이었다. 대답을 못하고 머뭇거리자 이번엔 화살이 아버지에게로 날아갔다.

"어떻게 아들에게 본도 안 가르쳤냐?"

아버지는 멋쩍은 웃음을 지으며 고개를 살짝 숙였다. 할아버지 주위로 잠시 정적이 흘렀다. 남강 선생님은 곰방대를 한 모금 빨고는 숨을 가다듬으셨다. 손주같은 아이에게 제대로 가르쳐줘야겠다고 결심을 한 듯했다.

"너의 본은 축산(竺山)이다. 기억해라. 국파 할아버지가 고려에 돌아오니까, 고려 임금이 큰 공을 세웠다고 지금 용궁 지역에 땅을 주고 축산부원군(竺山府院君)으로 봉작한 거야. 용궁에 가면 그분을 모시는 소천(蘇川)서원이 있다. 그리고 그 후손이 축산 전가다. 네가 38대손이야. 꼭 기억해, 이 녀석아!"

다시 한번 목소리가 높아졌다.

네, 라고 어린 나는 기세에 눌려 기어가는 목소리로 대답했다.

남강 할아버지의 말씀은 교장선생님의 훈시처럼 길었다. 게다가 큰절을 한 뒤 무릎을 꿇은 상태였다. 보통은 어르신이 인사를 하고 나면 무릎을 풀게 하는데, 그날 남강 할아버지는 말씀하시느라 깜빡한 모양이었다. 학교 선생님한테 받는 벌도 그때처럼 힘들진 않았다.

"어르신 오늘 갖고 오신 건 뭔가요?"

그냥 지켜보다간 이야기가 길어질 듯해서일까, 아버지가 화제를 바꿨다. 아들 표정을 보고 안쓰럽게 느낀 듯도 했다. 아버지는 바로 앉으라고, 소리 없이 입술 모양으로 이야기했다. 나는 비로소 다리를 펴며 안도의 숨을 내쉬었다.

아버지의 질문에 남강 선생님은 한 손에 든 과일을 내보였다.

"살구다. 맛이 들었을지 모르겠네."

"이렇게 귀한 것을……. 어르신 그냥 오셔도 됩니다."

"지난번 전약국이 지어준 한약 먹고 병이 많이 나았다. 뭐 들고 갈까 생각하다 살구나무는 못 들고 오고, 대신 살구 좀 가져왔다. 재규야 가서 씻어오거라. 너도 같이 먹자."

한참 긴장된 시간을 보내다가 살구의 달콤한 향기를 맡자 다시 기분이 좋아졌다. 아버지와 어르신에게 먼저 권하고, 나도 한 입을 베어 물었다. 달콤하고 새콤한 맛이 입안 가득했다. 어른들이 하나 먹을 동안 나는 여러 개를 먹었다.

"이 녀석 봐라. 배고팠구나. 천천히 먹어. 씨앗은 먹지 마라."

남강 선생은 조금 전의 무서운 모습과 달리 어느새 인자한 할아버지의 미소를 짓고 있었다.

"씨앗은 행인(杏仁)이라고 한약재로 쓴다."

아버지의 말에 나는 물었다.

"이걸 한약으로 쓴다고요? 어디에 좋은데요?"

귤껍질과 도라지도 한약재로 쓰인다더니, 한약재로 쓰이는 게 꽤 많은 듯했다.

"기관지 약에 쓰고, 삼소음(蔘蘇飮)이라고 하는 처방에 넣어서 기침 가래를 삭히는데 쓴다."

아들의 질문에 아버지는 해주고 싶은 이야기가 많은지 하나를 물으면 둘 셋을 말씀하셨다.

"행림(杏林)이라고 들어봤니? 남강 할아버지가 잠깐 이야기했던 살구나무 이야기다. 중국 삼국시대에 동봉(董奉)이라는 의사가 있었는데, 병이 나으면 돈 대신 살구나무를 받았단다. 그 의사가 어찌나 명의였는지, 나중엔 그 주변 산이 살구나무로 가득 찼단다. 살구나무 숲은 명의이기도 하고 인술을 베푸는 의사이기도 한 거야."

묵묵히 듣고만 있던 남강 선생님이 끼어들었다.

"전약국이 아들래미도 약국시키고 싶은가 보네. 살구나무 이야기를 벌써부터 하고말야. 허허."

"한의사요? 이 녀석 속을 제가 아나요. 아들놈이 하고 싶은 거 해야죠."

말씀과는 달리 아버지는 속마음을 들켰는지 따뜻한 미소를 지었다.

"내가 이 녀석 이름을 지을 때 신경 많이 썼다. 사주에 나무 목(木)이 들어가 있어서, 살구나무가 재규랑 잘 어울릴 거다."

남강 선생님이 아버지와 나를 번갈아 보며 덧붙였다.

"재규야, 네가 아버지 뒤를 이어서 살구나무 숲 한번 만들어 봐라. 군수나 시장을 해야만 성공하는 게 아니다. 아버지처럼 좋은 의원 되어서 사람 많이 살리면 나는 좋겠다."

"어르신 별 말씀을 다하시네요. 전 멀었습니다. 공부도 더 해야 하고요. 재규도 아직 철부지인데요, 뭘."

겸양의 말씀을 하면서도 아버지는 흐뭇한 표정을 짓고 있었다.

행림(杏林). 살구나무 숲.

어린 시절 스치고 갔던 추억과 인연들은 마음 밭에 씨앗을 뿌리고 있었다.

한의사가 어떻게 되고 무엇을 공부해야 하는지도 잘 모르고 있을 때였다. 하지만 아버지란 큰 산을 바라보면서 조금씩 당신을 닮고 싶다는 꿈을 가지기 시작했던 것 같다.

그때가 언제가 될지 모르겠지만, 언젠가는 살구꽃이 피고 살구가 달리리라는 꿈을.

전약국. 우리 아버지

"전약국 나와보게. 좋은 약재 하나 가져왔네."

밤 기운이 채 가시지 않은 새벽녘, 중절모를 쓴 등이 구부정한 할아버지가 문을 두드렸다. 한 손엔 지팡이, 한 손엔 약재 보따리를 들고서 큰 소리로 아버지를 불렀다.

여느 새벽처럼 새마을운동 노래가 아직 인적이 드문 거리에 울려 퍼지고 있었다.

드르륵. 아버지가 빛바랜 하늘색의 철제 셔터문을 열었다. '구리스'를 칠 때가 되었는지, 셔터 올라가는 소리가 요란하게 들렸다.

새벽잠을 자긴 다 틀렸다. 약방에서 잠을 자던 나는 서둘러 겉옷을 입고, 세수를 했다. 이런 일이 자주 있기에 자의반 타의반으로 일찍 일어나는 습관이 이미 몸에 배었다.

"어르신 일찍 나오셨네요. 뭐 갖고 오셨어요?"

"오가피 좋은 거 들고 왔다. 산에서 내가 직접 다 나무 벗기고 작업한 거야."

아버지는 꼼꼼하게 물건을 살폈다. 어르신은 아버지 눈치를 보며 연신 약재가 좋은 거라고 이야기했다.

한약방을 여는 시간은 보통 6시였다. 시골 어르신들은 새벽에도 한약방을 찾아오곤 했다. 요즘이야 아이들이 경기(驚氣)가 있으면 응급실을 먼저 찾지만, 당시만 해도 아이를 업고 동네 의원을 찾곤 했다. 밤이든 낮이든 다급하면 한약방 문을 두드렸다. 휴일도 없었다. 국경일이든 일요일이든 상관없이 새벽이면 문을 열었다. 이른 시간임에도 밖에서 이미 손님들이 기다리고 있었다.

그 시절 시골은 요즘처럼 근무 시간과 휴일을 철저히 지키는 분위기와는 많이 달랐다. 불과 한 세대 전인 80년대, 90년대 이야기다.

영창당 한약방은 크지 않았다. 20평 정도의 아담한 크기에 방 두 개와 마루가 붙어 있었다.

원장실로 쓰이는 방 옆에는 천정이 낮은 부엌이 있고, 바로 위에는 작은 창고가 있었다. 부족한 공간을 해결하기 위한 지혜였다. 원장실은 작은 크기임에도 불구하고 약장만큼은 큼직했다. 아버지의 자부심이 어린 약장이었다.

조제실에는 8자의 큰 약장이 있었다. 출입문 옆 벽쪽으로 6자 약장과, 스승님으로부터 받았다는 오래된 약장이 하나 더 있었다.

문경 지역의 약업사 역할을 겸했던 부친의 한약방은 늘 많은 약을 취급했다. 약재가 들어오는 날은 가마니째 창고로 실어 나르곤 했다. 근 단위로 미리 포장된 약재를 사는 것이 아니라 농사 지은 한약재를 그대로 가져왔다.

예를 들어 당귀는 밭에서 캐 뿌리에 흙이 묻은 채로 들어왔다. 흙을 씻어내는 작업부터 몇 번을 반복해야 했다. 며칠 동안 양지바른 마당에서 건조를 시킨 뒤 어른 주먹보다 큰 당귀를 기계에 넣고 얇게 썰어 냈다. 이것도 기계가 들어온 80년대 이후의 이야기다. 그 전에는 일일이 작두로 썰었다. 수백 근의 당귀를 일일이 작두질하는 것은 상상하기조차 힘든 인고의 작업이었다. 그리고 얇게 썰린 당귀를 한 번 더 건조시킨 후, 마지막으로 한 근 단위로 포장했다.

이런 약재들을 수백여 종류 취급했다. 아버지의 약재에 대한 애정과 타고난 근면함이 없었다면 불가능한 일이었다.

가난했던 농부의 집안에서 태어난 아버지. 할아버지가 일본으로 일을 하러 떠난 탓에, 어린 시절 아버지는 증조할아버지 밑에서 자랐다고 한다. 그런 상황이었으니 국민학교를 졸업한 뒤 상급학교를 진학한다는 것은 언감생심이었다.

16세에 함창 지역에서 당시 유명했던 권약국 집에 들어가 머슴살이로 10년을 일하셨다. 낮에는 권약국의 약방 업무와 농사일을 해야 했고, 밤에는 시간을 쪼개어 의서를 공부했다. 27세에 드디어 한약업사 면허를 취득하셨고, 함창을 떠나 탄광 경기가 좋던 점촌에 한약방을 개원한 것이었다.

한약방을 연 후에도 고난의 연속이었다. 당시만 해도 한의학에 대한 인식이 지금과 같지 않았다. 동네마다 터줏대감처럼 자리 잡은 기존의 의원들과 경쟁하기는 결코 만만치 않았다. 게다가 가난한 집안의 장남으로 친인척까지 건사해야만 하는 상황에 집세를 감당하지 못해 여러 차례 가게를 옮겨야 했다.

현재 한약방 자리로 들어오기 직전에는 어머니가 누나를 임신하고 있었던 상황이었는데, 세를 내지 못해 거리로 내몰리기도 했다. 임신한 아내와 세 자녀를 지켜야 했던 아버지. 아버지란 자리가 얼마나 힘들고 외로웠을지, 아직도 세상 물정에 어둔 아들은 당신의 고난을 짐작조차 하기 어렵다.

경제적 시련은 친구도 멀어지게 하는 법. 친구에게 돈을 빌리려 해도 여유 있는 사람이 드물었거니와, 돈 벌 가능성이 별로 없어 보이는 중년의 아버지에게 선뜻 돈을 빌려주는 사람은 없었다. 사실 지나칠 정도로 정직하고 원칙주의자인 아버지였고, 돈을 벌기는커녕 망하지 않을까 염려한 탓도 있었으리라.

지푸라기라도 잡는 심정으로 아버지는 길 건너 중신기 방앗간을 찾아갔다. 방앗간 사업으로 벌이가 괜찮던 사장님은 아버지의 심성과 행동거지를 유심히 지켜보았기에 흔쾌히 돈을 빌려주셨다. 이 돈을 종잣돈으로 방앗간 건너편에 단층건물을 지었다.

터가 좋지 않다며 사람들이 꺼리는 자리였다고 한다. 그러기에 시세가 다른 곳에 비해 저렴했다. 한약방이 자리를 잡지 못하던 시절, 아버지로선 터가 좋든 나쁘든 가릴 처지가 아니었다.

1975년, 비로소 아버지의 터에 한약방을 열었다. 고단한 세월을 살아온 당신에게는 휴일도 사치였다. 아니 휴일이라는 개념 자체가 없었다고 하는 말이 맞을 것이다. 제사를 지내야 하는 명절 오전을 제외하곤, 설날과 추석 오후에도 문을 열었다.

아버지의 열심과 수고로 한약방은 자리를 잡았다. 그 덕분에 형제들은 대학을 졸업했다. 아버지는 장남으로서 할머니를 모시고, 삼촌들을 뒷바라지했다.

정작 당신 자신은 30년을 쉼 없이 한약방을 지켰다. 그 시절 아버지의 이름, 장남의 이름은 그렇게 엄중했다.

1991년이 되어서야 아버지는 일요일을 쉬기 시작했다. 한약방 전면에 '일요일은 쉽니다'라는 팻말을 붙여 두었다. 그러나 아버지는 휴일 자체가 어색한 듯 집안을 한 바퀴 돌고는 곧바로 원장실에 들어가 의서를 읽으셨다.

아버지의 뒷모습을 바라보자 애잔한 마음이 밀려왔다. 나는 조용히 아버지에게 다가갔다.

"일요일인데 어디 놀러 안 가세요?"

"재규야, 일요일엔 뭐해야 하니? 안 쉬어 봐서 뭘 해야 할지 모르겠다."

사춘기에 들어서면서 아버지의 삶을 조금씩 이해하게 되었다. 친구들이 장래희망을 이야기하며 장밋빛 미래에 대해 꿈꿀 때, 내 눈길은 자꾸 아버지를 향했다.

한의학에 대한 열정, 환자에 대한 성실함, 가족에 대한 헌신. 나는 아버지에게서 나의 미래를 꿈꾸고 있었다. 굳이 멀리서 찾을 이유가 없다고 느껴졌다. 대학입시를 앞두고 한의대에 대한 꿈이 점점 커졌고 구체적으로 다가왔다.

휴일에도 셔터가 내려진 한의원에서 의서를 공부하는 아버지를 보며, 난 독서실에 가려고 했던 발걸음을 돌렸다. 아버지의 이야기를 듣고 싶었기 때문이다.

"아버지, 저 요즘 고민이 있어요. 오늘 시간 좀 되세요?"

고민을 핑계로 아버지에게 말을 걸었다. 그냥 가자고 하면 아들의 공부 시간을 뺏을까 염려할 당신을 알기에.

"뭐 힘든 일 있니?"

"네. 어떤 과를 가야 할지 고민도 되고요. 국파 할아버지 유적이 있다는 법주사 가 볼까요?"

당신이 존경하는 국파 할아버지 이야기를 꺼내자, 아버지의 얼굴이 밝아지셨다.

"그럴까? 아들이 가고 싶다는데 한번 가 보지. 택시 하는 친구를 불러야겠다."

아버지는 약간 들뜨신 듯 친구에게 전화를 걸었다. 그리곤 어디를 들러서 밥을 먹을지, 돌아오는 길엔 또 무엇을 볼지, 아들과 함께 하루를 보낼 생각에 나에게 이것저것 물었다. 아들은 엄격한 아버지를 어려워했지만, 그 무뚝뚝함 뒤의 따뜻함을 조금씩 느끼고 있었다.

당신의 얼굴에 고단함이 걷히고, 비로소 웃음이 찾아오고 있었다.

경상도 남자

할아버지가 돌아가시고 석 달이 지났을 때였다.

더위도 꺾이고, 새벽엔 찬 바람이 불기 시작했다. 가을 기운에 쫓겨 해가 뜨는 시간도 늦어지고 있었다.

그날은 어머니가 늦잠을 잤다. 사실 그동안 누적된 피곤함에 괘종시계의 종소리에도 깨질 못했다. 어머니는 시계를 보더니 안절부절못했다. 급하게 쌀을 씻고 밥솥에 쌀을 안쳤지만, 시간을 맞추기엔 이미 늦었다.

매일 아침 7시가 되면 제사상을 올리고 곡을 했다. 할아버지 장례 이후 매일 벌어지는 광경이었다.

어머니는 거실 창문을 살짝 열고 조심스레 밖을 바라보았다. 아버지는 이미 삼베옷을 입고 빈소에서 제사 올릴 채비를 마쳤다. 마침 동네 친척분도 새벽부터 곡(哭)을 하러 오셨다. 아버지는 늦어지는 준비에 안채를 바라보았고, 어머니와 눈이 마주쳤다.

어머니는 마음이 불안했는지 황급히 과일을 꺼내고 말린 포를 접시에 담았다. 탕국을 급하게 담다가 국그릇을 바닥에 떨어뜨렸다. 깨진 그릇을 주워 담느라 시간이 조금 더 소요되었다.

삼베옷을 입고 머리에는 수절, 허리에는 요절을 둘렀다. (수절(질)-여자들이 새끼줄처럼 꼬아서 머리 두건 위에 묶어 놓은 것, 요절(질)은 허리에 두르는 것) 그리고 급하게 마당으로 뛰어나갔다.

"여보, 밥을 준비 못했어요. 제가 새벽에 일어났다가 피곤해서 다시 자 버렸네요."

웬만하면 그냥 넘어갈 수도 있건만, 아버지는 참지 못했다.

"아니 늦잠을 그렇게 자면 어떡해! 시어른 밥상보다 잠이 더 중요하구먼."

혀를 끌끌 차며 어머니를 타박했다. 마침 동네 친척분이 함께 곡을 하러 오셨는데, 제사상이 제대로 준비 안 되어 있으니, 더욱 화가 났으리라. 친척분은 요즘 시대에 1년 상을 치루는 것만 해도 대단한데, 어떤 며느리가 시아버지한테 이렇게 하느냐며 화가 난 아버지를 말렸다.

1987년 6월 1일, 노환으로 할아버지가 돌아가셨다.

아버지는 집에서 5일 장을 치루기로 결정했다. 어머니는 아버지의 뜻을 묵묵히 따랐다. 집에서 모든 음식을 장만하고 일일이 조문객마다 상을 차려 대접했다. 당시 천여 명의 조문객이 왔다고 한다. 이 장례를 추진한 건 아버지였지만, 어머니의 헌신이 없었다면 애당초 불가능한 일이었다.

손님 치루는 것을 돕기 위해 친척들과 동네분들이 많이 오셨다. 많은 음식을 준비해야 했기에 부엌과 뒤뜰 뿐 아니라 창고에도 공간을 만들어 전을 부쳤다. 마당에서도 조문객을 받아야만 했다. 조문객은 지인과 친척분이 대부분이었지만, 간혹 모르는 어르신들도 종종 오셨다. 지나가다가 호기심에 밥 한끼를 먹으러 오는 사람들도 있었다.

그렇게 5일 장을 치뤘다. 막상 할아버지를 수안보 선산으로 모시는 날에는 비가 하염없이 내렸다. 지금은 선산 밑까지 차가 들어갈 수 있지만, 당시엔 선산으로 가기 위해서는 큰길에서 내려서 한 시간을 걸어가야 했다. 5일 장으로 지친 몸을 이끌고, 비 오는 날 장례를 치루어야 했던 당시 부모님의 고생은 이루 말할 수 없었다.

게다가 장례가 끝이 아니었다. 이후 집에 빈소를 차리고 1년 상을 치뤘다.

빈소는 집 안에 있었다. 마당 구석 세 칸으로 된 한약 창고에 마련되었다. 대략 네 평 정도 되는 작은 공간이었다. 할아버지의 영정 사진과 신위를 모시고 아침마다 제사상을 올렸다.

아버지 어머니가 기본적으로 매일 참석했다. 근처에 사는 삼촌과 친척들도 종종 오셨다. 여러 명이 곡을 하다 보니 소리가 제법 컸다.

짧은 기간이면 문제가 없겠지만, 한 달 이상 계속되자 이웃집에서 작게 해달라고 항의를 하기도 했다.

당시만 해도 아버지는 엄하기가 둘째가라면 서러울 정도였기에, 어머니는 힘들어도 속으로 삭이며 남편의 뜻에 따랐다. 매일 아침 7시에 제사상을 준비하려면 어머니는 새벽에 일어나야 했다. 하룻밤 지난 밥을 올리는 건 용납되지 않았다. 반드시 아침에 새로 지은 밥에서 할아버지 제삿밥부터 먼저 한 그릇을 떠야 했다. 1년 상을 치루며 겪어야 했던 어머니의 노고가 얼마나 컸을까.

아버지가 화를 낼 때면, 목소리도 크고 위엄이 있어서 함부로 대항하기가 어려웠다. 훈계가 시작되면 한두 시간씩 이어질 때도 있었다. 아버지가 집안의 중심이기도 했고, 아버지의 남다른 책임감이 또한 그런 형태로 드러난 듯했다.

노년에는 사랑 표현을 제법 했지만, 내가 어릴 때 아버지는 어머니에게도 자식들에게도 애정 표현을 하지 않았다. 남자가 애정 표현을 하면 남사스러운 일이라고 생각하는 문화였고, 또한 장남으로서 집안을 건사해야 하는 위치기도 했다. 늘 대화보다는 지시와 명령을 했고, 아이들과 놀아주기보다는 한약방 일에 밤늦게까지 매달렸다. 사실 놀아줄 시간이 없기도 했다.

어린 시절 기억 속에 늘 엄한 아버지로 각인이 되어 있었다. 그렇기에 아버지가 말씀하실 때면 긴장부터 되곤 했다. 사실 어머니도 무뚝뚝한 분이었다. 하지만 아버지에 비해선 따뜻하고 부드러웠다. 아들은 아버지에게 혼난 뒤면 늘 어머니의 품을 찾아갔다.

아버지가 아침에 언성을 높였던 그날.

여느 때와 다름없이 한약방은 바빴다. 아버지 어머니 모두 힘든 하루를 보냈다. 아버지는 대포 한잔하러 나가셨고, 어머니는 지친 몸을 이끌고 저녁밥을 준비했다. 철없던 나는 밥을 먹고는 바로 안방에 들어가 최불암씨가 나오는 수사반장을 보고 있었다.

아버지가 술 한잔하시는 날이면, 어머니는 밥공기를 이불장 깊숙이 넣고 반찬을 보자기로 덮은 작은 상 하나를 안방에 놓아두었다. 늦은 밤이라도 집에 돌아와 식사를 해야만 하는 아버지를 위한 상이었다.

어머니는 설거지를 끝내고 수사반장을 보는 내 옆에 조용히 누웠다. 끙끙 앓으며 나에게 안마를 해 달라고 했다. 드라마를 제대로 못 보기에 잠깐 투덜댔지만, 중학교에 들어간 나는 어머니의 고생과 아픔을 짐작하고 있었다. 어머니의 다리와 허리를 이곳저곳 주무르자, 아들의 안마가 최고라며 비로소 웃으셨다.

갑자기 마당 밖에서 대문을 쿵쿵 두드리는 소리가 들렸다.

안채에서 대문까지는 대략 20미터, 정방형의 마당에서 대문까지

나가는 길이 가늘고 길게 툭 나와 있었다. 벨을 누르고, 집안에서 버튼을 누르면 자동으로 문이 열리는 그런 신식 대문은 아니었다. 밖에서 소리치거나 문을 두드리면, 안에서 뛰어나가 문을 열어주어야 했다.

쿵쿵거리는 소리에 누구인가 싶어 먼저 창문 밖을 보았다. 아버지가 오시기엔 좀 이른 시간이었다.

“여중희! 문 열어라.”

아버지의 목소리였다.

“엄마. 아빠가 엄마 이름 부르는데?”

나는 처음 보는 광경에 웃음이 나왔다.

“어머나, 웬일이래? 왜 내 이름을 불러? 동네 부끄럽게.”

어머니와 나는 겉옷을 걸쳐 입고 대문으로 나갔다.

“어이, 중희야! 어서 문 열어.”

큰 소리로 어머니의 이름을 계속 불렀다. 하지만 정이 담긴 목소리였다. 어머니는 발걸음을 재촉해 대문을 열었다. 아버지는 미소를 지으며 어머니의 얼굴을 바라보았다. 오늘은 어머니 곁에 선 아들의 얼굴은 아예 눈에 들어오지 않는 모양이었다.

“중희야.”

“아이구, 왜 이래요. 동네 사람 다 듣게. 사람들이 흉 봐요. 좀 조용히 해요.”

어머니는 무뚝뚝한 어투였다. 그러나 남편의 정감 어린 목소리에 얼굴이 붉어져 있었다.

밤하늘에 별이 총총히 박힌 깊어가는 가을밤. 산들바람이 중년의 부부를 감싸고 있었다.

아버지는 어머니의 손을 지그시 잡았다. 지나가는 동네 사람이 멋쩍은 웃음을 지으며, 인사를 하는 둥 마는 둥 하며 지나갔다.

호남형의 아버지, 불그레한 볼에 오랜만에 미소짓는 그 모습이 중년의 아내에게는 가슴 뛰는 광경이었으리라.

"중희야. 고생이 많다."

어머니가 휘둥그레진 눈으로 아버지를 쳐다봤다. 아버지는 어머니 얼굴을 깊숙이 바라보며 나지막한 목소리로 말했다.

"나 만나서 고생이 많다."

어머니는 잠자코 고개를 숙였다. 어린 아들에겐 처음 보는 광경이었다. 애정 표현이 어색한 탓일까, 아버지는 어머니를 안아주지는 못하셨다. 그냥 아내의 어깨를 다독일 뿐.

어머니는 어깨를 가늘게 흔들며 훌쩍이기 시작했다. 아내를 다독이던 아버지의 어깨도 떨리고 있었다.

늘 강한 아버지, 엄한 아버지였는데, 그날 밤은 참 낯설고도 아련했다. 그리고 시간이 흐를수록 기억나는 가을밤이었다.

****

"봉우재에 가고 싶어."

귀를 가까이 대자 아버지가 힘겹게 말씀하셨다.

봉우재는 고향 근처에 아버지가 감나무를 심어 놓은 곳이었다. 그리고 당신이 미리 묘비를 세워놓은 곳이기도 했다. 작은 매형과 누나는 당신을 위해 봉우재에 내려가 사진이라도 찍어오겠다며 급하게 길을 나섰다.

7시30분. 아침 식사가 병실에 들어오고 있었다.

6인실의 병실. 다른 환자들은 다 식사를 시작했다. 아버지 한 분을 제외하고. 수저와 식기가 부딪히는 소리, 은은히 풍기는 된장국과 불고기 냄새. 입원실의 평범한 풍경이었지만, 나에겐 낯설게만 느껴졌다.

아버지는 천천히 눈을 뜨셨다. 황달기가 심해져 눈빛이 누렇다. 나를 서서히 돌아보더니, 손짓을 한다. 밥먹고 오라고.

아, 아버지.

지난 밤부터 나는 아버지의 옛날 일들을 계속 이야기했다.

아버지가 내일의 태양을 함께 볼 수 있기를 간절히 소망했다. 또 이야기를 들으며 극심한 통증을 조금이나마 잊기를 소망했다.

누가 시킨 것도 아니었다. 그냥 그래야 할 것 같았다.

당신의 삶을 아들의 목소리로 다시 들려드리고 싶었다.

그리고 당신을 닮고 싶었던 나의 이야기를 또 들려드리고 싶었다.

Chapter 2

대를 이은 의업의 길

아버지가 좋아서, 그저 닮고 싶었다.
그저 닮고 싶다는 소망으로,
몇 번의 도전 끝에 한의대에 입학했다.
아버지는 아들이 대학에 떨어졌을 때도
채근하지 않으셨다.
이 길만이 길이 아니라고, 괜찮다고.
그럴수록 아들은 묵묵히 믿어주는
아버지의 길을 따라가고 싶었다.
대를 이은 의업의 길을.

한의대 입학, 그리고 유급

1996년 5월 19일 오전 9시. 약사의 한약 조제 시험이 치러지는 대구공고 앞.

"민족 의학을 사수하라!"

"한약 조제 시험 무효화하라!"

격렬한 구호를 뚫고서 최루탄이 떨어졌다. 동시에 여러 발이 떨어지며 가스를 분출시켰다. 자욱한 연기에 매캐한 가스 냄새가 진동했다. 한 앳된 여학생이 대오에서 쓰러지며 넘어졌다. 주위의 덩치 큰 남학생들이 재빠른 동작으로 그 여학생을 뒤쪽으로 안전하게 이동시켰다. 하지만 거듭되는 최루탄에 자그마한 체구의 여학생들과 아직 데모 경력이 없는 신입생들부터 대오가 흔들렸다.

선봉대로 뽑힌 선배들과, 체격 좋은 신입생들은 최전방에서 스크럼을 짜고 전경과 대치 중이었다. 의기에 찬 한 선배가 외쳤다.

"다 같이 전한련(전국한의과대학 학생회 연합회의 약자) 찬가를 부릅시다.

참 의료 실현의 신화창조 전!한!련!"

선배의 구호를 따라 다 같이 전한련 노래를 부르기 시작했다. 한쪽에선 노래를 부르고, 최전방 몇 열은 구호와 함께 전경과 힘겨루기를 하고 있었다. 최전방에 대치 중이던 전경들은 우리와 나이가 비슷한 또래였다. 젊은 혈기의 격돌.

코피를 흘리며 다친 학생들이 생겼다. 다친 학생들을 볼 때면 남은 학생들은 격렬하게 분기했다. 데모의 경험이 많은 선배들은 최루탄을 발사하는 순간, 마스크에 치약을 발랐다. 또한 담배 연기가 독한 최루탄 가스를 중화시킬 수 있다고, 선배들은 여학생들에게 담배 연기를 불어주기도 했다.

하지만 장비에서도 인력에서도 집회 경험에서도, 전경들을 상대하기엔 역부족이었다. 게다가 자욱한 최루탄 연기는 기동력을 현저히 떨어뜨렸다. 점차 학생들은 전경에게게 밀렸고, 한 명씩 전경들에게 끌려갔다. 한 시간여 지날 무렵 이미 절반에 가까운 학생들이 연행되었다.

체격이 좋은 나는 몇몇 선배들과 함께 대오를 이탈해 대구공고 좌측 담장을 넘어 시험장 안으로 들어갔다. 하지만 학교 안에도 많은 수의 경찰이 이미 배치되어 있었다. 우리가 할 수 있는 것은 구호를 외치는 것뿐.

"한약 조제 시험 원천 무효화하라!"

시험장을 향해 구호를 외쳤다. 내 주위에도 세 명의 전경이 붙었다. 20대 초반의 나이였지만, 세 명의 힘을 완력으로 이길 순 없었다.

'닭장차'라 불리는 호송 버스 안.

젊은 혈기의 뜨거운 아침이었다. 최루탄 가루에 눈을 뜨기가 어려웠다. 눈물을 닦기 위해 옷으로 눈을 비비니, 옷에 묻은 최루탄 가루가 눈을 다시 강하게 자극했다.

내가 닭장차를 타고 있구나.

신입생에겐 생경한 상황이었고 호기심에 신기하기도 했지만, 경찰서가 가까워지자 점차 두려워졌다. 차에 동승한 전경은 고압적인 목소리로 소리쳤다. 괜히 주눅이 들었다. 주머니 안에서 삐삐소리가 울렸다. 집에서의 호출이었다. 전화할 수도 없었고, 보수적인 부모님에게 이 상황을 설명할 수도 없었다. 난감했다.

이날 집회는 전국 뉴스에도 자세히 소개되었다. 전국 한의대생의 수업 거부는 3월부터 이슈였고, 5월 19일 약사의 한약 조제 시험과 반대 집회는 정점으로 치달았다.

나는 동료들과 함께 그날 저녁 무렵에 훈방조치 되었다.

지친 몸을 이끌고 집으로 돌아오는 길, 입학 후 지난 3개월이 주마등처럼 떠올랐다. 여러 번 시험 끝에 들어간 한의대였다. 나도 부모님도 환호했지만 입학의 기쁨도 잠시였다. 정식 수업은 한 달이 되지 않았다. 그해 2월에 약사가 한약을 취급하는 길이 열렸고, 전국의 한의대생과 한의사들은 정책의 부당함을 성토하며 들끓어 올랐다.

3월은 짧은 수업 이후 선배들과 토론하며 현 상황을 공유하는 시간을 가졌다. 동아리에 가입하고, 소개팅을 하며 캠퍼스의 낭만을 느끼는 등의 즐거운 시간을 갖기도 했다. 하지만 마냥 신입생의 즐거움을 느끼기엔 한의계 상황이 너무나 엄중했다. 결국 3월이 채 끝나기도 전, 전국 한의대생은 휴학 및 전면 투쟁에 돌입하기로 결정했다. 학생들은 학교를 떠나 거리로 나섰다.

우리가 시민들에게 전단지를 돌릴 때 간혹 약대생들과 마주치기도 했다. 한때는 동기이고, 친구였다. 그러나 이제 각자의 소속에 따라 얼굴을 붉히게 되는 일도 종종 발생했다.

일부 시민은 밥그릇 싸움 아니냐고 항의했다. 하지만 엄연히 면허의 배타성에 관한 문제였다. 약사의 입장에선 양약이라는 영역에 한약이라는 새로운 영역을 확장하려는 시도였다. 한의사와 한의대생에게는 가지고 있는 유일한 치료 수단인 한약을 약사에게 빼앗길 수 있는 절체절명의 위기 상황이었다.

다행히 대부분의 시민은 이해하고 지지하고 응원해주었다. 그러나 이미 정치적 상황은 우리에게 너무나 불리하게 돌아가고 있었다.

오랜 도전 끝에 들어간 한의대였다. 하지만 녹록지 않은 상황이었기에 단체 행동을 함께해야 될 상황이었다.

나 또한 예외일 수 없었다. 부모님은 당연히 걱정했다. 너라도 수업에 들어가라는 어머니, 그래도 이건 막아야 한다며 마음의 지지를 보내셨던 아버지. 두 분의 얼굴이 번갈아 떠올랐다. 대의를 위해 옳은 일이라 자위해 보기도 했다. 하지만 긴 재수 시절을 후원해 주신 부모님께 죄송한 마음이 드는 건 어쩔 수 없었다.

그리고 그날 이후의 상황도 크게 달라지지 않았다.

젊은 한의학도의 한의학에 대한 열정은 사회에서 받아들여지지 않았다. 1만여 한의사와 3만여 약사, 인원수에서부터 위세에 밀렸다. 또한 오래전부터 정재계에 약사 출신들이 많이 들어가 있기에 파워 게임에서도 철저히 밀릴 수밖에 없었다.

대학생의 열정과는 별개로 사회는 이익단체의 힘에 의해 움직인다는 냉정한 현실을 가혹하게 깨달았다.

1년 동안 수업을 거부하며 집회를 계속했건만 성과를 얻지 못했던 1996년. 전국의 한의대생들에게는 뜨거운 한해였다. 그리고 좌절의 한해였다.

한의대생들은 정부의 한의학 정책에 대해 강력히 항의하며, 유급이라는 배수진을 치며 버텼다. 유급이 결정되는 시기가 다가올수록, 한의대생들은 분노하며 거리로 다시 나갔다. 그리고 부모님에 대한 미안함으로 눈물을 흘렸다. 부모님 또한 성과 없이 유급의 위기에 몰린 자녀들을 바라보며 가슴을 쳐야 했다. 비싼 한의대 등록금은 계속 내야 했고, 투쟁에 참여하기 위한 비용과 생활비는 고스란히 지출되고 있었다. 밤이 되면 한의대 앞 마당엔 한의생들이 모여들었고, 울분으로 막걸리를 밤새 마셨다.

결국 대다수 전국 한의대생이 유급되었다. 전무후무한 대학생들의 희생에도 불구하고, 약사의 한약 조제 시험은 철회되지 않았다. 감초가 한약의 종류냐고 묻는 터무니없는 수준의 한약 조제 시험을 통해, 당시 약사 2만5천 명 중 97퍼센트가 합격하게 되었다. 1996년 5월 19일 하루의 시험으로 지난 40년간 배출된 전체 한의사 두 배 이상의 한약 조제 약사가 배출되었다.

나는 유급 이후의 상황이 동기들과는 달랐다.

동기들은 졸업하면 공보의로 갈 길이 있었다. 하지만 난 삼수의 나이로 입학했기에 당시의 병무법으로는 유급을 당하면 바로 군으로 가야 할 상황이었다. 나 또한 입학 전에는 정상적으로 졸업해 공보의로 가고 싶었다. 하지만 내 입장 때문에 뒤로 물러서고 싶지 않았고, 다른 동기들과 함께 행동하기로 결심했다.

유급이 확정되던 날, 학교는 적막에 휩싸였다.

난 휴학계를 내고, 군입대를 준비했다.

인제의 밤하늘을 바라보며

이듬해 유월, 장마철을 앞두고 논산훈련소에 입대했다.

버스 타고 혼자 가겠다는 나를 만류하며, 아버지는 택시를 타고 논산에 따라오셨다. 훈련소 앞 식당에 들어갔다. 잘 먹고 들어가야 한다며, 당신은 손수 고기를 굽고, 말없이 밥 위에 고기를 얹어 주셨다. 아버지가 고기를 손수 구워 주신 것은 그때가 처음이었다.

6주의 길지 않은 훈련이 끝난 뒤에도 먹을 것을 가득 준비해 논산에 찾아오셨다. 당시 아버지에게 차가 없었던 걸 생각하면 아버지의 마음을 느낄 수 있는 순간이었다.

자대 배치를 앞두고 수도권 병원 쪽으로 갈 수 있을까 하는 희망을 가져보기도 했다. 내가 선택할 수 있는 일은 아니었다. 이왕이면 배울 것이 많은 병원으로 가면 좋겠다는 생각도 했다.

논산에서 훈련을 끝낸 후 자대로 가는 기차를 탈 때, 나는 제일 끝인 17량에 배치되었다. 기차는 대전, 조치원, 서울, 청량리를 지나갈 때마다 한 칸씩 떨어져 나갔다. 마지막 17량에 탄 장병들은 열차의 종착역인 춘천까지 이동했다.

청량리에서 강원도 방향으로 기차가 출발하는 순간 다들 한숨을 내쉬었다. 강원도에 배치되는구나, 하는 걱정이 앞선 탓이었다.

춘천 102보충대에서도 희비가 갈렸다. 소위 최전방 이기자부대, 백두산부대 등으로 가는 장병들은 어깨가 처지고, 원주 쪽으로 가는 장병들은 그나마 안도를 했다.

나는 운이 좋은 편은 아니었다. 춘천에서도 돌고 돌아 세 시간이 걸려 3군단 인제 759포병부대에 배치되었다. '아, 망했구나'하는 생각만 들었다. 어쨌든 부대 배치는 내가 선택할 수 있는 것은 아니었다.

인제 가리산 자락에 위치한 다련장부대. 다련장은 12문의 포가 동시에 이동 사격이 가능한, 당시로선 3군단 최강화력의 최신 부대였다. 군단장의 총애를 받는 핵심 부대이다보니, 시찰도 많았고 훈련의 강도 역시 높았다.

의무병이라 하면 상대적으로 편하다고 여겨지겠지만, 군생활은 만만치 않았다. 전방 야전부대인지라 상병이 될 때까지 거의 매일 작업에 투입되었다. 주간에 상대적으로 편한 의무실 대기는 고참들 몫이었다. 작업에 다녀오고, 고참이 쉬는 저녁 시간에는 의무실을 지켜야 했다. 야간에 환자가 생기면, 자다가 일어나서 환자를 봐야하는 것은 후임병 몫이었다.

한의대를 1년 다니다 입대했지만, 그것도 한약 분쟁 탓에 유급으로 보낸 1년이라 의학적 지식은 부족하였다. 그러나 부대에서는 한의대 출신이라며 다른 의무병에 비해 나를 많이 신뢰했다.

낮에는 작업으로 잡일을 하고, 밤에는 잠자는 시간을 아껴가며 약품명을 외우고 의서를 보았다. 학교에선 볼 수 없었던 환자들을 실전에서 만나게 되었다. 특히 군의관 퇴근 후, 환자를 돌보는 일과 처방은 의무병 몫이었기에 실전 체험을 많이 했다. 자연스레 군의관이 보던 여러 의서들을 공부하였고, 고단한 군 생활을 견뎌낼 활력이 되어 주었다.

IM(근육주사)과 IV(정맥주사)는 동기와 짝을 이뤄 연습하고 익혔다. 그러나 동기가 한 명뿐이라 부족했다. 그럴 때면 스스로 엉덩이를 찌르고, 정맥주사를 내 팔에 놓았다. 숙달되지 않은 초반에는 늘 팔에 멍이 들어 있었다. 한두 달이 지나자 노력의 효과가 나타났다. 주사를 아프지 않게 잘 놓는다고 소문이 났고, 신참이던 나에게 주사 맞으려는 장병들이 점점 많아졌다.

군에선 주로 일반적인 외상 처치와 감기, 위장질환 등의 내과 질환이 많았다. 가끔은 골절, 일사병, 봉와직염, 성병, 정신과 질환을 겪는 환자들을 보기도 했다. 야전부대에서 치료하기 힘든 환자는 상급병원인 원통의 205병원이나 홍천의 철정병원으로 이송해야 했다.

입대 17개월 차에 드디어 의무실 왕고참이 되었다. 나름 긴 후임병 생활이었다. 9개월 차이 나던 고참 둘이 전역을 하면서 드디어 의무실을 전담하게 되었다. 의무실 대기 시간도 더 많아져 환자가 없을 때면 의서를 볼 수 있는 시간도 늘어났다.

우리 부대는 본부포대와 야전포대로 구성되어 있었는데, 야전포대는 중대별로 별도의 훈련을 매년 여러 차례 나가게 된다. 본부포대 소속 의무대도 의무 지원 명목으로 훈련 때마다 한 명씩 참가했다. 비상 상황에만 대기하면 되기에 파견 근무는 대체로 편했다. 가끔 환자가 여러 명 발생하면 정신없기도 했지만, 보통의 경우는 그리 힘들지는 않았다.

알파포대 파견을 나간 1998년 10월이었다.

가을 단풍이 아름다웠다. 군대 시절 고단한 시기에도 설악산 자락의 단풍은 바라볼 때마다 위안이 되었다. 함께 파견 나온 취사병과 별식을 먹고 차량에서 대기하고 있을 때였다.

갑자기 주위가 웅성대기 시작했다. 한쪽에서 비명이 들렸고, 그 소리를 따라 알파포대 장병들이 우르르 달려갔다. 중대장과 행보관이 의무병을 급히 불렀다.

심상치 않은 일이 벌어졌다는 직감이 들었다. 나는 바로 응급 장비를 들고 사고 현장으로 달려갔다. 환자 주위를 둘러싸고 있는 장병들을 밀치고 현장으로 진입했다. 군용 트럭 밑에서 수리 작업하던 운전병이 자리에서 전혀 움직일 수 없는 상태였고, 이미 비명조차 제대로 내지 못하고 있었다.

함께 있던 장병은 트럭 바퀴가 운전병을 깔고 지나갔다고 했다. 약간 경사진 곳에서 받침돌이 빠졌거나, 주차브레이크가 고장난 것으로 보였다.

침착하게, 그리고 신속하게 상황을 판단해야 했다. 바퀴 자국 및 군복이 흐트러진 형태로 보아 차 바퀴가 운전병의 골반(장골)을 통과한 걸로 추정되었다. 극심한 통증에 다리를 전혀 움직이지 못했다. 바퀴가 지나간 흔적과 통증 호소 부위를 보았을 때, 골절은 물론 내부 장기 손상으로 다량의 출혈이 의심되는 상태였다. 골반 내부 출혈이 일어나 큰 혈관이 다쳤을 경우 순간적으로 1~2리터의 출혈이 있을 수 있고, 그렇다면 쇼크 및 생명의 위험에 처할 수도 있었다.

응급처지 교본에서 봤던 내용이 눈앞에서 현실로 벌어지고 있었다. 벌써부터 운전병은 정신이 혼미해지고 있었다. 모두 경황이 없었고, 나 또한 처음 겪는 상황이 당황스러웠지만 냉정함으로 중심을 잡아야 했다. 직급이 높은 간부들에게 단호하게 상황을 설명했고, 지원을 요청했다. 동시에 8명 정도가 힘을 합쳐 척추가 흔들리지 않게 조심스레 환자를 옮겼다. 바이탈을 계속 체크하면서 준비한 수액을 투여했다. 보통 수액 맞을 때보다 훨씬 빠른 속도로 해야 했다.

300명 정도의 작은 부대였고, 다른 포대원일지라도 대부분 얼굴을 알고 있었다. 사고를 당한 최 이병은 부대에 배치된 지 4개월여, 고생하면서도 표정만큼은 늘 밝았던지라 마음이 더 착잡했다.

본대 군의관에게 무전기로 연락을 했다. 하지만 난감한 상황이었다. 군의관이 이곳으로 오기까지 한 시간이 소요될 거였고, 환자의 상태가 한 시간을 기다려 줄 만하지 않았다. 훈련지와 원통 205병원도 한 시간 거리였다.

무전기 밖으로 군의관의 다급한 목소리가 들렸다.

"전 상병, 환자 상태가 어때?"

"하반신을 전혀 움직이지 못합니다. 골반 부위 통증이 극심합니다. 골반 쪽 골절이 추정됩니다. 바이탈은 아직 정상범위이나 혈압이 110, 100으로 떨어지고, 맥박도 불안정합니다. 계속 혈압 맥박 확인하고 있습니다."

군의관이 훈련지까지 와서 환자를 이송하기엔 시간이 촉박했다. 군의관은 고민 끝에 원통의 205병원으로 각자 이동하기로 결정했다.

환자의 의식이 혼미해지는 가운데 난 계속 말을 걸어야만 했다. 그리고 군의관에게 무전으로 자주 상황을 보고했다.

최 이병에게 이런저런 질문을 해 지속적으로 말을 하게 했다. 출혈로 인해 심각한 상황이긴 했지만, 어느 정도 말을 할 수는 있었다. 다행이었다. 출혈이 많다 보니, 숨을 헐떡이며 대답을 못할 때도 종종 있었다. 그럴 때면 마음에도 없는 욕을 퍼부어야 했다. 욕보다 더 심한 짓을 해서라도 깨어 있게 만들어야 했다.

"야, 정신 안 차려. 눈 뜨란 말야."

"아저씨, 고생시켜 죄송합니다."

위기 상황에서 어떻게 그런 말이 나올까. 최 이병은 힘겨운 목소리였지만 오히려 나를 위로했다.

천만다행으로 결국 한 시간여 만에 205병원에 도착했다. 자대에서 출발한 군의관이 먼저 도착해 있었다.

X레이 촬영 결과, 애초 짐작대로 장골 골절과 대퇴골 탈구가 있었다. 대퇴골 탈구를 바로잡기 위해 의사가 교정술을 바로 시행하였으나 성공하지 못했다. 최 이병의 비명이 바깥까지 울렸다. 힘이 빠질대로 빠졌지만, 극심한 통증에 응급실이 떠나갈 듯한 비명을 질렀다. 일단 수혈을 하고, 몇 가지 응급조치를 했다. 그럼에도 눈에 띄는 개선이 보이지 않았다. 205병원에서도 예감이 좋지 않은지, 상급인 철정병원으로 이송을 결정했다.

홍천의 철정병원은 3군단에서 가장 큰 병원이었다. 원통에서 철정병원까지는 또 한 시간이 소요되었다. 수혈을 받아 상태가 약간 호전되는 듯했지만, 여전히 위중한 상황이었다.

당시 지역 군병원은 CT가 없었고, 인력도 기타 장비도 부족한 상황이었다. 지혈해야 할 부위 확인이 어려워 철정병원에 도착하자마자 수혈부터 빠른 속도로 시작했다. 그러나 환자의 악화 속도를 따라잡지는 못했다. 생사가 갈릴 수 있는 상황이었다. 주임의가 심장 주위에 직접 수혈을 결정했다. 여러 의사가 붙어 시도했으나 초반 몇 번은 실패하였다. 노련한 주임의가 심장 주위에 관을 삽입하여 수혈 루트를 확보했고 많은 양의 혈액을 주입하였다.

예과 1년도 마치지 않고 군에 갔기 때문에, 이러한 시술 광경은 처음 보았다. 그곳의 의사들도 매우 주의 깊게 시술하였다. 탈골된 부위를 철정병원에서 처치하는 것 또한 어려운 상황이라, 결국은 헬기를 타고 서울 국군병원으로 이송하였다.

"어쩌면 오늘 밤을 못 넘길 수도 있겠다."

헬기가 떠나는 모습을 보며 혼잣말처럼 군의관이 말했다. 작은 목소리였지만 군의관의 말은 귓속에 크게 울렸다.

이미 주위는 깊은 밤이었다. 이제 우리가 할 일은 없었다.

철정병원에서 인제부대로 돌아오는 길.

긴 하루였다. 그제서야 긴장이 풀리며 몸이 무거워졌다.

군의관도 나도 아무 말이 없었다. 강원도의 10월 밤공기는 차가웠고, 그날 밤 인제 하늘의 별은 유난히 밝았다. 별똥별을 보며 기도하면 소원이 이루어진다고 했던가. 세상의 기적이라는 것에 냉소적 입장이었지만, 그날만은 간절히 기도했다. 최 이병에게 기적을 일으켜 달라고.

앰뷸런스 안에서 난 아버지가 떠올랐다. 어린 시절 쓰러진 나를 붙들고 간절히 기도했을 당신을…….

괴로운 마음에 난 아버지께 전화를 했고, 아버지는 긴 이야기를 묵묵히 들어주셨다.

"네가 할 일은 다 한 거야."

수화기 너머로 아버지는 담담히 말씀하셨다.

다음 날도 의무실의 일상은 반복되었다.

장병들에게 주사를 놓고, 다친 부위를 소독하고, 군의관의 처방에 따라 약을 조제했다. 일과를 마무리할 저녁 무렵, 군의관은 축 처진 나의 어깨에 조용히 손을 얹었다.

"서울서 방금 전화가 왔다. 힘든 고비는 넘겼다."

난 상급자란 사실도 잊은 채, 군의관을 왈칵 안았다. 군의관도 나의 어깨를 오랫동안 두드려 주었다.

한 사람의 목숨, 그 소중한 의미를 실감하며 나의 군 생활은 끝이 나고 있었다.

작약꽃이 필 무렵

"재규야, 중간고사 언제 끝나냐? 끝나고 바로 점촌 와라."

시험 끝나고 늦잠을 자고 있었다. 밤샘의 연속이었던 중간고사 기간의 한을 풀 듯이 낮부터 술을 마셨고 술자리는 밤까지 이어졌다. 늦은 아침 오랜만에 휴식을 맛보고 있었다.

전화가 계속 왔다. 다른 전화라면 끊어버렸을 텐데, 발신자는 아버지였다. 아버지에게 전화가 오면 바로 받아야 했다.

아버지 사전에 늦잠이란 없었다. 자식도 당연히 그러해야 했고.

벌써 작약꽃이 필 때가 되었나.

매년 중간고사가 끝난, 딱 이때쯤이었던 것 같다.

부랴부랴 해장국을 먹고 점촌행 버스를 탔다. 고향 터미널 앞에선 아버지와 삼촌이 봉고트럭을 탄 채 기다리고 있었다. 짐작대로 작약밭이 있는 이안면 안룡으로 바로 향했다.

몇 해 전, 아버지는 내가 군대에 있을 때부터 작약 농사를 시작했다. 학교에 복학한 후 고향에 내려올 때마다 나를 종종 작약밭으로 데려갔다.

진료하며 한약재 농사까지 짓는 건 결코 쉬운 일이 아니었다. 주변에서도 거의 보지 못했다. 그만큼 아버지의 한의학에 대한 열정은 범인을 넘어서는 것이었다.

삼촌의 봉고차 안에서 아버지는 작약 이야기부터 꺼내셨다.

"재규야, 너 작약꽃 좋아하니?"

"그럼요. 모란이랑 작약꽃이 제일 예쁜 거 같아요."

"잘 되었다. 이제 꽃이 피려 한다. 오늘 밭일도 좀 도우거라."

안룡에는 작약 농사를 하는 1천 평 정도의 땅이 있었다. 아버지는 작약을 직접 재배해서 약재로 쓰고 싶다는 열망이 있었다. 게다가 아들이 한의대에 입학한 이후 아버지의 열망은 더 구체화되었다. 약재 농사를 몇 종류 시작했고, 여러 기계를 새로 들였고, 한약방 2층에는 냉장창고를 만들었다.

실제 농사를 짓는 것은 만만치 않았다. 오랜 세월의 노력에도 불구하고 변수가 많기에 수확량을 확정할 수 없었다. 심지어 인건비도 안 나오는 경우가 허다했다.

안룡은 문경 시청을 지나 대조리 너머에 있었다. 차편으로 집에서 15분 정도 소요되는 곳이었다. 지나가다가 동네 아저씨 한 분을 만났다. 봉고를 길가에 멈추고는 대화를 시작했다.

"병갑이 아이라? 어디가여?"

"안룡밭에 가여."

"아, 거기 작약 심어논 데 말이라? 그 잘 되나? 작약 농사 안 힘들어여?"

문경, 상주 지역 사투리는 충청도, 강원도 말과 비슷한 부분이 있다. '~여'로 끝나는 말투가 자못 정겹다.

아버지는 안룡 인근의 이안국민학교를 졸업했다. 동네에는 아직 국민학교 동기들이 제법 거주했다. 길을 가다가 동기를 만나면 차를 멈추곤 했다.

"자네, 약국도 잘 되잖은가. 이제 농사까지 해 돈 벌려고?"

오랜 친구가 농을 걸어왔다.

"약국이 작약 농사하는 게 뭐 이상해여?"

"참 니도 유별나다. 남이 농사한 거 써도 되고, 중국에서도 많이 들어오는데. 아직 니 젊데이. 고생 사서하는구먼."

"니도 좀 있다 와라. 일 좀 도와줘, 아들래미 작약 농사 좀 가르쳐 줘."

자신도 농사짓는 것 때문에 바쁘다던 아버지 친구분은 한 시간 지나서 막걸리랑 안주거리를 들고 작약밭에 나오셨다.

"병갑아, 이거 한잔 먹고 하자."

총각김치를 안주 삼아 막걸리 한 잔 쭉 들이키고는 아버지도 친구분도 바로 일을 시작했다.

작약꽃은 아름답기 그지없다. 하지만 그대로 놔두면 뿌리가 튼실히 성장하지 못해 꽃이 활짝 피기 전에 따줘야 한다. 거름도 1년에 두세 번은 줘야 하고, 중간중간 잡초를 부지런히 뽑아줘야 한다. 여름에는 한 주만 게을리해도 잡초가 무성히 자라게 된다. 또한 작약은 과습한 것을 싫어하기에 배수가 잘 되어야 한다.

그렇게 4년을 키워서 가을에 작약을 거둬들인다. 농사를 한 번 짓고 나면 작약은 연작을 할 수 없다. 한 번 작약을 키운 밭은 약성이 떨어져 이어 재배할 수가 없는 것이다.

아버지와 친구분, 삼촌과 나까지 네 명이 열심히 꽃봉오리를 땄다. 나를 제외한 세 분은 능숙한 솜씨였다. 나도 열심히 한다고 했다. 그러나 어제의 과음 여파로 한 시간 정도 작업을 하니 속이 울렁거렸다. 따스한 햇살에 피로감도 밀려왔다. 딴청을 피우며 이곳저곳 둘러보았다.

멀리 안룡 저수지가 보이고, 친척들 묘가 모여 있는 선산이 보였다. 산에는 늦은 산벚꽃이 군데군데 피고 있었다. 봄기운을 완연히 보여주는 어린 연두빛이 주변을 아름답게 장식하고 있었다.

봄기운에 일해야 한다는 걸 잠깐 잊었다. 저수지 한편에 돗자리를 깔고 낮잠이나 잤으면 하는 마음이 들었다.

“재규야, 너 가게 가서 환타랑 먹을 것 좀 사와.”

아들을 매의 눈으로 지켜보던 아버지는 아들의 빈둥거리는 모습을 잠시도 놔두지 않았다.

한 시간여 작업을 한 후 아버지도 잠깐 휴식을 취했다. 5월의 햇살이 제법 따가왔다. 모두들 땀이 이미 흥건해서 옷이 다 젖어 있었다. 아버지 친구분은 오랜 농사를 해서 그런지, 아버지보다 얼굴이 까맣고 주름도 더 깊어져 있었다. 나이가 실제보다 열 살은 많아 보였다.

“올해가 4년째야?”

“올 가을엔 수확할 거야.”

두 분은 환타와 보름달 빵을 먹으며 이런저런 얘기를 했다.

“아이고 농사가 이렇게 많은데, 기계는 있나? 씻고 절단하려면 요즘엔 사람 손으론 어림도 없데이.”

“절단기도 사야 하고, 건조기도 있어야지. 잘 말려야 오래 쓰지.”

“근데, 뭐 할려고 이렇게 하노? 이거 해서 돈 못 번다. 품삯도 안 나와.”

“글쎄, 내 땅에서 작약 재배해 이걸로 한약 만들면 좋잖아. 뭐 이문 남기려 생각하면 못한다는 거 나도 잘 알지.”

아버지는 무언가 생각이 났는지 고개를 돌려 나를 향해 웃으며 물었다.

"재규야, 약성가 배웠냐?"

"아직요. 약성가는 내년부터 배웁니다."

딴청 피우다 받은 아버지의 갑작스런 질문에 당황했다. 아직 안 배운 건 사실이긴 했다.

"작약 약성가 알려줄게. 지금 외워라."

"백작산한복통리 능수능보허한기(白芍酸寒腹痛痢 能收能補虛寒忌-백작약은 산미가 있으며 성질은 차갑고, 복통과 설사를 멈추게 하는 효능이 있다. 능히 수렴시키고 보하는 효과가 있으나 몸이 차고 허약한 사람은 피하는 것이 좋다.) 작약은 중요한 약이야. 많이 쓰는 약들은 약성가가 술술 나와야 해."

아버지의 설명이 이어졌다.

"작약은 미한(微寒-성질이 약간 차다) 보음(補陰-몸의 진액을 보탠다)하여, 사물탕(四物湯)의 기본 약이야. 쌍화차 잘 알지? 유명한 쌍화차에는 군약(君藥-처방 중 제일 중요한 약재)으로 쓰이는 약이다. 근육의 피로를 풀고, 복통에도 많이 쓰지. 작약감초탕(芍藥甘草湯)을 복통에 많이 쓴다. 약성가를 꼭 외워야 된다. 그래야 처방할 때, 그 약이 바로 떠오르는 거다. 이해만 해선 절대 안 된다."

작약밭에서 아버지가 가르쳐 준 약성가는 지금도 귀에 생생하다.

아버지는 작약밭 한구석 10평 정도는 일부러 꽃봉우리를 따지 않으셨다. 내가 농담으로 '꽃 좀 남겨놔요. 꽃을 봐야 작약꽃 예쁜 걸

알지요' 라고 얘기한 것을 기억하셨던 것 같다.

작약꽃은 수줍음이란 꽃말과는 달리 화려하고 아름다웠다. 게다가 약으로 귀하게 쓰이니, 작약은 안팎으로 좋은 점을 두루 갖추었다.

무뚝뚝한 아버지가 따로 표현은 안하셨지만, 나는 잘 알고 있다.

작약꽃을 좋아하는 아들에게 주는 아버지의 선물임을.

약재를 체험으로 알려주려는 아버지의 깊은 마음을.

그해 여름, 지워지지 않는 괴로움

2002년 7월 대구. 지난 6월 한일 월드컵의 여운이 곳곳에 남아 있었다.

꿈과 같은 4강이라니, 우리 생애 다시 이런 성적을 거둘 날이 올까. 온 국민이 열광했던 6월의 추억. 믿어지는 않는 결과에 들뜬 마음은 쉽게 가라앉지 않았다.

히딩크 감독의 이름을 따라 호텔도 생기고, 호프 가게도 생겼다. 모이면 6월의 감동을 얘기하고, 술자리에서 흥이 오를 때면 박수를 치며 대한민국을 다시 외치기도 했다. 학교 공터에선 축구를 하는 아이들의 광경을 어렵지 않게 볼 수 있었다. 'Be the Reds' 문구가 적힌 빨간 티셔츠를 자랑스럽게 입고 다니는 사람들도 아직 제법 많았다.

대구의 여름은 아주 뜨겁다. 작열하는 햇볕에 도로 위는 아지랑이처럼 빛이 산란되었다. 무심코 외출했다간 축축하고 뜨거운 날씨에

현기증이 나기 일쑤였다.

학교도 방학이 되어 한산했다. 종종 집에 가지 않고 남은 학생들이 학교를 오갈 뿐이었다. 하계 의료봉사, 합숙 스터디 준비를 하는 학생들이었다. 간혹 학비를 벌기 위해 여러 개의 과외 교습을 하는 친구들은 방학이 되어도 고향에 가지 않았다.

오후가 되면 냉방이 잘되는 학교 도서관에 가는 것이 상책이었다. 공부보다는 피서 목적으로 학교에 모였다. 당시만 해도 자취방에 에어컨이 있는 학생은 거의 없었다. 비슷한 상황의 학교 동기들을 자연스레 도서관에서 만나게 되었다. 이런저런 책을 읽다가 공부하기 싫어지면 인터넷을 하거나 신문을 읽었다.

지난 2년의 예과 방학 때는 고향에 내려가 아버지의 한약방 일을 도왔다. 본과에 올라가면서 방학마다 합숙을 통해 원서 한 권씩을 공부하는 방제연구회 동아리에 가입했다. 합숙을 준비하기 위해 그해 여름방학에는 대구에 있었다.

한편 봄부터 배우던 수영도 계속 이어서 하고 싶었다. 평영까지는 배웠고, 접영을 한창 배우기 시작할 때였다. 아침 일찍 기천문 수련을 하고, 오후에는 수영을 배우러 갔다. 캠퍼스에서 빠른 걸음으로 10분 거리에 수영장이 있었다. 학교 동기들도 이곳에선 종종 볼 수 있었다. 수영도 배우고 더위도 피할 수 있으니 일석이조였다.

여름방학이 되자, 수영장은 강습생으로 북적였다. 특히 초등학생들이 많았다. 부모들은 경쟁적으로 방학을 활용해 아이들에게 수영을 배우게 했다. 수영 코치는 한정되어 있는데, 많아진 초등학생들로 인해 수영장은 늘 혼잡했다. 하지만 성인반과 어린이반이 다른 풀을 사용하기에 성인반이 수영하는데 특별한 불편함은 없었다.

접영을 한창 배우던 어느 날.

25미터 길이의 레인을 접영으로 왕복할 때였다. 보통 수영을 하다 보면 한 레인을 끝까지 갔다가 옆으로 옮겨 다시 돌아오게 된다. 아직 접영이 서툴다 보니 시간이 꽤 소요되었다.

한두 번 왕복했을까, 주위가 어수선했다. 사람들이 수군거리고 코치가 자꾸 어린이 풀장 쪽을 보고 있었다. 순간 사고 아닐까 하는 생각에 나는 레인에서 나와 급히 달려갔다.

몇몇 사람들이 발을 동동 구르며 모여 있었다. 사람들을 헤치고 들어가니 한 어린아이가 의식을 잃은 채 누워 있었다.

이미 입술이 창백했다. 직감적으로 응급상황인 것을 알았다.

"한의대생입니다. 비켜주세요! 급해요!"

어찌할 줄 모르는 코치들과 부모들을 밀쳐내고 아이 가까이 다가갔다. 초등학교 1학년쯤으로 보이는 여자아이였다. 하지만 사람들은 지켜만 볼 뿐이었다. 아이를 위해 심폐소생술을 했던 사람이 아무도 없었다. 이미 몇 분이 흘렀는지도 모르는 상황이었다.

“아이야. 일어나. 너 이름이 뭐니?”

아이의 몸을 흔들며 물었지만 반응이 없었다. 즉시 바이탈을 체크했다. 숨이 없었다. 경동맥과 척골동맥의 맥박을 확인했지만 아주 미약했다.

반사적으로 욕이 튀어나왔다. 이 지경까지 되도록 뭐 한 거야!

한시가 바쁜 상황이었다. 응급처치가 즉각 이뤄지지 않으면 생명이 위험한 상황이었다.

“119는 불렀나요? 아이가 죽어요. 시간 없으니까 빨리 불러요.”

대답하는 사람이 없었다. 언제쯤 아이가 쓰러졌는지 수영반 코치도 모르고 있었다. 다만 아이가 수영장 끝 벽에 머리부터 부딪혔고, 의식을 잃은 채 물속에서 몇 분 있지 않았을까 하는 추측만 할 뿐.

바로 인공호흡에 들어가고 심장 압박을 실시했다.

군에서 열심히 배웠고, 응급상황을 여러 차례 겪었다. 일반 장병들에게 응급처치술을 교육하기도 했었다. 하지만 지금처럼 급박한 적은 없었다.

하나, 둘, 셋, 넷…….

심장 마사지와 인공호흡을 실시했다. 다시 호흡과 맥박을 확인했다. 계속해서 반응이 없었다. 보통은 2인1조가 되면 효과적이지만, 도와줄 사람이 없었다. 절박하게 다시 심장 마사지를 했다. 하지만 파래진 입술은 여전히 변화가 없었다.

5분여가 지났을까, 앰뷸런스 소리가 들려왔다. 수영복만 입은 채로 대원들과 함께 들것을 들고 밖으로 뛰어나갔다. 그러면서 나는 소리쳤다.

"의식도 호흡도 없어요. 맥이 거의 잡히지 않아요. CPR(심폐소생술)을 계속했지만 반응이 없어요. 빨리 이송해야 돼요. 빨리요."

유난히 더웠던 7월 대낮 도로 한가운데였다. 나는 수영복 차림으로 떠나가는 앰뷸런스를 망연자실하게 바라보고 있었다.

초등학생쯤 되어 보이는 아이들이 아이스크림을 먹으며 깔깔거리고 있었다. 영문을 모르는 아이들은 웬 아저씨가 수영복 차림으로 밖에 나왔다며 놀려댔다. 아이들의 놀림 소리가 환청처럼 귓등을 스치고 지나갔다.

조금만 빨랐더라면…….

조금만 빨리 알았더라면…….

20분 전으로 돌아갈 수 있다면…….

가슴이 뜯기는 괴로움을 느꼈다. 저 아이에게 기적을 바라기엔 시간이 너무 늦었다.

다음날 대구매일신문 사회면 하단에 1단으로 작은 기사가 올라왔다.

'OO지역에 있는 수영장에서 수영을 하던 어린이가 사고로 병원

에 이송해서 응급치료를 받았으나 사망하였다.'

요즘도 그때를 생각하면 가슴이 먹먹해진다.

살아있었다면 지금쯤은 한창 생기발랄한 여대생이 되어 있으리라.

미안함에 고개를 떨구고, 아쉬움에 한숨을 짓는다.

지워지지 않는 괴로움을 떨칠 수가 없다.

떨쳐내서도 아니 될 일이다.

지금 내 앞의 환자에게 최선을 다하겠노라.

맹세의 격문을 읽어가듯 그때를 떠올리며 환자를 돌봐야 한다.

한방 해부학 대부 교수님의 마지막 수업

새벽 알람 소리가 요란하게 울렸다.

이불을 뒤척이다 시계를 보려고 비몽사몽 핸드폰 폴더를 열어보았다. 순간 자지러지게 놀랐다. 핸드폰 조명에 비친 사람의 두개골이 눈앞에 있었다. 정신이 바짝 들고 잠이 확 달아났다. 밤늦게까지 머리맡에 스쿨(skull-사람의 두개골)을 가지고 해부학 용어를 외우고 있었다.

해부학 시험이 있는 날이군.

비로소 몇 시간 뒤 시험을 앞두고 있음을 깨달았다.

작은 원룸의 창문을 활짝 열었다. 그믐달과 샛별이 함께 빛나고 있었다. 신문 배달을 하는 학생이 이곳저곳 신문을 던지며 분주히 움직이고 있었다.

찬물로 세수를 하고, 부랴부랴 다시 스쿨을 책상 위에 두고 공부를 시작했다. 시험 시간은 아침 10시. 새벽 4시니까 시험 전까지 다섯 시간을 공부할 수 있을 것이다.

해부학 족보는 두꺼웠다. 하루에 백 장의 내용을 외우고 공부해야 했다. 어제 한 번 보긴 했지만, 30여 쪽은 여전히 암기를 못한 상태였다. 공부를 시작한 지 반 시간만에 다시 졸음이 밀려왔다. 며칠째 세 시간 정도밖에 자지 못했다. 머리가 멍해 암기가 되지 않았다. 커피믹스를 두 개 타서 먹어보지만 밀려오는 잠을 막을 수 없어 파스를 눈 밑에 발랐다.

해부학 수업은 예과 2학년부터 본과 1학년까지 계속되었다.

우리 학번은 운이 좋아 6구의 카다바(해부용 시신을 의미)가 확보되었다. 카다바는 원한다고 해결될 문제가 아니었다. 기증자가 있어야 했고, 또 시기가 맞아야 했다. 선배들은 적을 때는 단 2구만으로 한 학번 전체가 실습하기도 했다. 올해는 해부학을 공부하기에는 충분한 수준이었다. 게다가 성별과 연령대까지 다양했다.

여학생들은 초반에는 구토를 하고 겁을 냈다. 그러나 시간이 흐를수록 카다바 앞에서 메스를 잡는 것은 대부분 여학생들이었다.

요즘엔 3차원 입체로 나오는 해부학 애플리케이션이 있어 공부에 꽤 유용하다. 당시만 해도 직접 인체를 해부해 보지 않으면, 복잡한 인체구조를 이해하긴 쉽지 않았다.

해부학 실습을 할 때마다, 마음속으로 시신을 기증하신 분에게 감사의 인사를 드렸다. 가족의 동의와 당사자의 의지 없이는 불가능한 일이었다. 이런 분들의 용기와 희생 덕택에 한의학이 발전할 수 있었다.

해부학은 학점도 많았고, 담당 이학인 교수님의 학점 관리가 엄격해 시험은 늘 긴장의 연속이었다. 해부학은 꽤 정직한 시험이었다. 공부 영역이 정해져 있고, 나올 것도 예상되었다. 다만 공부해야 할 분량이 엄청나게 많아 평상시 공부를 해둬야 했다. 벼락치기로 될 수 있는 과목이 아니었다. 구조를 이해해야만 암기를 잘할 수 있었다. 벼락치기를 했다간 재시, 삼시를 치는 경우도 허다했다.

시험을 칠 때면 스쿨(두개골)을 집에 가져가서 일일이 해부학 책과 비교하며 명칭을 외우기도 했다. 많은 학생들이 공부하기엔 스쿨이 충분하지 않았기에 학생들끼리 순번을 정해 기다리는 진귀한 광경이 벌어지기도 했다. 이날처럼 시험 전날 스쿨을 가지고 공부할 수 있는 것은 큰 행운이었다.

본과 1학년 해부학 시험은 2002년 월드컵 시기에도 이어졌다.

당시 월드컵의 정점이었던 한국과 이탈리아의 16강전이 열린 날, 불행하게도 다음 날이 해부학 시험이었다. 학사 일정이야 축구 경기와 관계없이 진행되기도 하거니와, 16강에 올라가리라 예상한 사람도 많지 않았다.

온 국민의 월드컵 열기가 뜨거웠던 당시, 축구광인 나는 더욱 열광했다. 하지만 겹친 시험으로 인생의 번뇌마저 느끼게 했다.

안정환의 골로 이탈리아를 이기는 기적이 일어났고, 그야말로 대한민국은 그날 밤 뒤집어졌다. 대구 시내에 나가 경기를 본 동기들도, 집에서 본 동기들도 승리의 기쁨을 나누기 위해 아지트인 학교 근처 호프집에 모였다. 예선 경기 때부터 경기를 이길 때마다 반복했던 우리 학번의 축제였다. 아리랑을 부르고, 대한민국을 외치며 승리의 기쁨을 만끽하면서도 가슴 한켠에 근심이 있었다. 내일 치러야 할 해부학 시험은 당장의 환희와 관계없이 다가오고 있었다.

분위기를 파악한 과대표가 늦은 밤 용기를 내어 교수님에게 전화를 걸었다.

"밤늦게 정말 죄송합니다. 우리나라가 8강에 진출했는데, 다들 흥분해서 저희가 지금 공부를 할 수가 없습니다. 이런 말씀 드려서 송구스럽지만 시험을 하루만 연기해주시면 안 될까요?"

과대표가 간절한 목소리로 호소했다. 그러나 교수님은 일초의 고민도 없이 바로 거절하셨다.

"이런 상황을 겪어보는 것도 너희들에게는 공부다. 시험은 예정대로 친다."

대한민국이 밤을 새며 열광했던 그날, 우리들에게는 잔혹한 선택이 기다리고 있었다. 그날 밤은 나도 친구들도 재시를 선택할 수밖에 없었다.

당시에는 원칙주의자였던 이학인 교수님을 원망하기도 했었다.

다른 과목들은 상황을 참작해서 연기가 되기도 했기에, 시험을 강행하는 고지식한 교수님에 대해 섭섭한 마음이 많이 들었다. 미소를 지으며 늘 우리를 대하면서도 학업에서만큼은 타협이 없던 교수님이었다.

교수님의 지도 아래 1년 6개월을 지독한 소독약품 냄새가 나는 곳에서 함께 부대끼며 공부를 했다. 간혹 젊은 대학생의 치기로 카다바 앞에서 장난을 치는 학생들이 있으면 매우 엄하게 질책을 했다. 의사라면 살아있는 육체든, 죽어있는 육체든 진지하고 치열하게 학문에 임해야만 했다. 타협할 수 없는 절대의 가치였다.

마지막 수업시간, 교수님의 말씀이 아직도 귓가에 쟁쟁하다.

"여러분 어려운 해부학 공부하느라 긴 시간 수고했어요. 제가 한의대를 졸업해 운이 좋아 학교에 남아 교수 생활을 하면서 고민을 많이 했어요. 무엇이 후배들을 위하는 일일까? 남들이 안 하는 것을 해야겠다고, 모두 약과 침 전공을 할 때 한의학에서 현재 부족한 해부학을 해야겠다는 다짐을 했어요. 그래서 경희대를 졸업하고 국립의료원 해부 병리과에서 근무를 했고, 가톨릭의대에서 해부학 교실 조교를 했어요. 그게 60년대 일이에요. 이만하면 제가 좀 빨리 이 분야에 들어왔죠? 이제 시대가 바뀌고 있습니다. 양방 해부학뿐만 아니라 생리학, 병리학 공부도 열심히 해야 해요. 그래야 한의학이 더 발전할 수 있어요."

처음 들어보는 교수님의 과거 이야기에 다들 귀를 기울였다. 수업에 자주 빠졌던 학생들도 마지막 수업만큼은 들어와서 교수님 말씀을 듣고 있었다.

"이 자리에서 분명히 말씀드립니다. 나중에 제가 죽으면 저도 여러분들을 위해 대구한의대 해부학 교실에 제 시신을 기증할 것입니다."

일순간 정적이 강의실을 감쌌다. 잠시 후 한 학생이 박수를 쳤다. 이어 일제히 우레와 같은 박수와 환호성을 질렀다. 교수님은 예의 부드러운 미소를 지으며 목례를 가볍게 한 뒤 마지막 수업을 마치셨다.

이학인 교수님은 2년 뒤 2004년 7월 19일 별세하셨다.

한방 해부학의 대부라 불리셨던 교수님. 63세의 일기로 너무도 빨리 이곳을 떠나셨다.

마지막 수업 시간에 모두 감동의 큰 박수를 보냈다. 그러나 돌이켜보면 수업을 마감하는 말씀치고는 매우 비장했다. 사인은 지병이었던 암이었다. 당신은 이미 알고 있었기에 우리들에게 유언과도 같은 말씀을 하셨던 듯하다.

교수님은 먼 길을 떠나셨다.

하지만 지금도 등대처럼 먼 곳에서 빛을 보내주고 있다.

우리가 가는 여정에 언젠가 큰 파도가 치는 날도 있으리라.

하지만 등댓불이 밝히는 그곳으로 우리는 조금씩 나아갈 것이다.

한의학도로서 최선을 다하리라

"먼저 옷 벗을 사람은 누구?"

다들 눈치를 보며 머뭇거렸다. 이런 어색함을 난 잘 견디지 못했다. 그래서 대개 먼저 시범을 보인다든지 모델을 자처해 나서곤 했다.

경락 중에서 임맥, 독맥을 공부하기로 한 시간이었다. 나는 팬티만 남긴 채 나머지 옷을 벗었다.

벌써 새벽 2시. 하품이 나오고, 졸린 눈을 자꾸 비비고 있었다. 야식으로 라면을 먹고 다시 방에 모였다. 오늘 과제는 6개 경락과 임맥(任脈-인체의 전면 정중앙을 지나는 경락), 독맥(督脈-인체의 후면 정중앙을 지나는 경락)의 경혈 혈자리 암기와 인체에서 실제 찾아보는 것이었다. 아침 9시부터 시작했건만 예상보다 시간이 길어지고 있었다. 어쨌든 임맥, 독맥까지 끝내야 비로소 잠을 잘 수 있었다.

이번 경혈학 공부엔 5명이 모였다. 승호형, 상한형, 석찬형, 덕한이와 나, 우리는 평상시 기천문 운동을 함께 하며 의기투합하는 동기들이었다.

2박 3일 합숙 스터디의 목표는 12경락과 임맥, 독맥의 경혈을 외우고, 혈자리를 인체에서 찾는 일이었다. 침도 서로에게 놓아보았다. 서로가 모델이 되지 않으면 경혈 공부를 할 수가 없었다.

나는 팬티 차림으로 바닥에 누웠다.

세 명은 경락을 두 개씩 맡고, 석찬형과 상한형이 경락을 네 개씩 맡았다. 시작은 우리의 에이스인 석찬형이 맡았다.

수성매직으로 나의 몸에 혈자리를 표시했다. 팬티 바로 위 라인인 기해부터 동그랗게 그렸다. 지켜보던 승호형이 옆구리를 간지럽히며 장난을 쳤다.

"여긴 기해(氣海)입니다. 흔히 얘기하는 단전이죠. 배꼽 아래 3촌(寸-손가락하나 굵기의 폭, 길이의 단위)인데, 3촌은 자신의 손 2,3,4,5 손가락 마디의 횡단면만큼의 길이가 됩니다. 사람이 작거나 여자면 여기에 길이를 약간 빼고, 큰 사람은 좀 더 넉넉하게 잡아요."

다음은 중완을 파란색 매직으로 표시했다.

"중완(中脘)은 위장이 위치한 곳이죠. 배꼽과 명치 사이가 8촌인데, 정중앙이 됩니다. 고무줄 자를 이용하면 더 편해요."

흰색 고무줄 자에 한 치 단위로 선이 그어져 있었다. 자를 나의 배 위에 대었다.

"이렇게 배꼽과 명치 사이에 8개의 선이 위치하도록 하면, 정중앙이 중완입니다. 위장의 위치와 정확히 일치합니다. 배 아플 때, 식체가 있을 때, 중풍일 때도 자주 쓰는 혈이에요."

석찬형의 실력은 늘 우리를 감탄하게 했다. 임상 과정을 거치지 않은 학생들의 실력이야 오십보백보겠지만, 공부를 많이 하고 말도 잘하는 석찬형은 우리 학번에서도 늘 앞서나갔다.

이렇게 입술 아래 승장(承漿)까지 설명을 끝내자, 배에서부터 가슴, 입술까지 정중앙을 따라 20여 개의 동그라미가 생겼다. 모습이 꽤 우스꽝스러웠다. 덕한이는 핸드폰으로 사진을 찍으며 장난을 쳤다.

하지만 2개가 남았다. 생식기 앞뒤로 혈자리 곡골(曲骨)과 회음(會陰)이 있다. 남자들끼리도 부끄러워 이건 설명으로 넘어가려고 했다.

우리 팀의 리더인 승호형이 특유의 목소리로 호탕하게 얘기했다.

"나 해부학 책 암만 봐도 모르겠는데……. 회음이 어디고? 직접 봐야 알제, 어떻게 아누? 재규야 니 팬티도 벗어봐라."

승호형의 넉살은 이길 수 없었다. 부끄럽긴 했지만, 나도 호기심이 많았기에 내가 먼저 모델이 되고, 다른 동기들에게도 침을 놓고 싶었다.

회음은 항문과 고환 끝부분 사이 함몰처이다. 위치를 찾고 매직으로 그린 후, 침을 맞았다. 묵직하고 뻐근하다. 이 자리는 전립선질환이나 치질에 쓸 수 있다. 최근엔 약침을 활용해서 남성질환에 쓰기도 한다.

회음을 끝내고 옷을 입으려 하니, 석찬형도 재미가 있는지 바로 독맥으로 이어가자고 했다. 다른 형들도 바로 독맥을 시작하자고 웃으며 맞장구를 쳤다.

독맥의 첫 혈자리는 장강(長强) 즉, 꼬리뼈와 항문 사이 함몰처에 있는 혈자리였다. 요통과 치질에 쓰는 혈이지만, 실제 임상에서 자주 쓰이는 자리는 아니었다. 하지만, 열심히 공부하겠다는 열정이 충만하던 학창시절, 그 무엇을 못하랴.

임맥, 독맥을 실습한 후 다음은 암기하는 시간. 다 외울 때까지는 잠을 잘 수 없었다. 동기들끼리의 공부일지라도 이것만은 엄격하게 지켰다. 한의대생의 자존심이기도 했다. 회음, 곡골, 중극, 관원, 석문, 기해, 천돌, 염천, 승장 등 임맥 24개 혈자리와 독맥 28개 혈자리를 쭉 외웠다. 막힘없이 줄줄 외워야 했고, 혈자리의 위치를 인체에서 정확히 파악할 수 있어야 했다.

2박 3일 동안 14개 경락 361개 혈자리를 다 외웠다.

무작정 외우기보다는 해부학 책과 침구학 책을 비교하며 공부를 했다. 경락은 근육과 뼈를 잘 알아야 훨씬 이해가 쉬웠다. 근육의 흐름, 신경계의 분포를 따라 경혈과 경락이 위치하는 경우가 많았다. 서로에게 실습을 하고, 졸리운 눈을 비비며 암기를 계속했다. 그렇게 밤을 지새며 결국 독맥까지 끝냈을 무렵, 이미 새벽 동이 트고 있었다.

팔공산 갓바위 앞 도솔천식당.

2층에는 민박을 할 수 있는 공간이 있는데, 우리는 매번 이곳에서 공부를 했다. 가격도 저렴하고 식사도 맛있어서, 한의대생들에겐 꽤 좋은 아지트였다.

새벽까지 공부를 끝내고 눈을 비비며 바깥으로 나왔다. 무언가를 해냈다는 뿌듯함이 밤을 새운 피곤함을 잊게 만들었다.

녹음이 짙은 팔공산 자락의 공기가 상쾌했다. 진한 소나무 향기가 코끝에 다가왔다. 식당을 지나 산자락으로 접어들면 갓바위로 오르는 입구가 있었다. 우리는 아침잠을 자는 대신 갓바위를 올라가기로 했다.

팔공산 관봉 갓바위에는 소원을 들어주기로 유명한 약사여래불 불상이 있다. 들머리에서 갓바위까진 걸어서 한 시간이 걸린다. 젊은 우리에겐 힘든 길이 아니지만 무릎이 불편한 어르신에게는 꽤 어려운 길이다.

수고로움을 거친 자에게만 허락하는 그곳, 갓바위는 언제나 기도하는 사람들로 가득했다. 아직 수능시험이 100여 일은 남았는데, 이미 불공을 드리러 오는 어머니들이 많았다.

평소 기천문을 함께 수련하는 동기로서 갓바위에 오르자 동아리의 회장인 승호형이 단배공을 함께 하자며 제안했다. 우리는 갓바위 한쪽에 자리를 잡고, 조용히 단배공(기천문의 절운동)을 시작했다.

새벽 기운을 느끼며, 떠오르는 해를 가슴에 품으며 각자의 원을 담고서 갓바위 부처님을 향해 한 배 한 배 절을 올렸다. 땀방울이 얼굴에 송골송골 맺혔다. 땀으로 젖은 옷에선 뜨거운 열기가 올라왔다.

한의학도로서 최선을 다하리라.

환자 앞에 부끄럽지 않을 실력을 쌓으리라.

우리의 얼굴은 진지했고, 붉게 상기되고 있었다.

당신을 닮고 싶다

폭염이 한창이던 8월의 어느 날이었다.

한여름엔 한약방을 찾는 손님들이 적었다. 게다가 주위에는 이미 한의원이 많이 생겼다. 환갑이 지난 아버지의 한약방은 예전처럼 사람들로 붐비는 일이 흔치 않았다.

점심 시간이 지난 뒤, 한 아주머니가 한약방 문을 열고 들어왔다. 더위에 지쳤는지 들어오자마자 마루에 주저앉아 부채질을 했다.

"우리 애가 외국 가서 녹용을 가져왔는데, 탕약에 함께 넣어줄 수 있어요?"

아주머니는 가방에서 핏기가 채 가시지 않은 냉동된 녹용을 꺼냈다.

"어디 한번 봅시다. 이거 어디서 샀어요?"

"엄청 좋은 거라고 하네요. 캐나다에서 하나에 오십만 원 주고 샀다고 하더라고요."

아버지는 녹용을 유심히 살펴보더니 고개를 갸우뚱하셨다.

"제가 좋은 것이면 약에 넣는데요……. 솔직히 말씀드리겠습니다. 이건 품질이 좋지 않습니다."

아주머니의 얼굴이 빠르게 굳었다. 아버지는 아주머니를 외면한 채 계속 녹용을 살폈다.

"일단 녹용의 피 처리가 잘 안 되었네요. 해독이 안 되면 약이 아니라 오히려 독이 됩니다. 보관 상태 역시 불량하군요. 보통 캐나다산은 엘크입니다. 녹용으로는 사용하지 못하죠."

아주머니의 얼굴이 이미 붉어졌고, 눈썹마저 씰룩이고 있었다. 애써 진정하고는 말했다.

"에구 약국 어른, 다른 데에선 다 넣어주는데 좀 해줘요. 여기 녹용 쓰지 않는다고 그런 거예요?"

아주머니의 말 속엔 가시가 있었다.

"녹용 빼고 지어달라면 지어볼게요. 대단히 죄송한 말씀인데요. 이거 넣고는 약을 달일 수 없군요."

"아유, 진짜…… 손님이 해달라면 그냥 해주지, 왜 이리 답답해요."

아주머니는 목소리가 높아지더니 가져온 녹용을 다시 가방에 넣었다. 신발도 구겨 신은 채로 문을 쾅 닫고 나갔다.

지켜보고 있던 어머니가 핀잔을 주었다.

"나 참, 그냥 지어주면 될 것을……. 뭐 나쁜 일 하는 것도 아니잖아요."

어머니의 말에 아버지가 버럭 소리를 질렀다.

"내가 당신 약을 지을 때도 그리 했으면 좋겠어? 내가 안 먹는 거 당신한테 주면 당신은 먹겠냐고?"

"아니 당신이 그런다고, 다른 사람이 뭐 알아줘요? 당신 농장에 약재랑 나무 심는다고 얼마 전 대출 받은 것도 몰라요. 재규 등록금도 내야 하고……."

중년의 어머니도 이제 아버지에게 지지 않고 쏘아붙였다.

"그래도 안 되는 건 안 되는 법이야."

아버지는 단호한 목소리로 말씀을 되뇌였다. 웬만하면 환자가 원하는 대로 약을 지어줄 만도 한데, 당신의 양심에 받아들여지지 않는 것은 하지 않았다. 아버지의 고지식함, 아니 정도와 양심을 지키는 태도는 늘 그러하셨다.

그 며칠 뒤 대구 약령시에서 약업사를 하는 정 사장이 찾아왔다. 먼 친척이기도 한 정 사장은 서울대를 졸업한 뒤 아버지와 함께 한약업사 고시를 응시했다. 또 우리 한약방에 각종 약재와 녹용을 공급하는 분이기도 했다.

"전약국 잘 지냈나? 오늘 좋은 녹용 가져왔다. 이거 함 봐라."

오랜 인연의 정 사장은 걸걸한 말투로 인사를 했다. 투박하지만 정이 담겨 있었다.

원용(러시아산을 으뜸이라 하여, 원용이라 부른다) 녹용이 두 개였다. 1m에 가까운 크기, 대가 굵고, 색택이 좋았다. 녹용에 대해 아직 잘 모르는 내 눈에는 좋은 품질로 보였다.

“정 사장 뉴자(뉴질랜드산을 부르는 말)랑 깔깔이도 가져왔나?”

“그거 뭐하게, 전약국 어차피 안 쓰잖아?”

“재규 보여줘야지. 뿔 채 통으로 봐야 공부가 되지.”

정 사장은 밖으로 나가 차에서 다시 물건을 가져왔다. 뉴자는 뿔 채 가져왔고, 깔깔이는 작업을 한 거였다.

“일단 원용부터 한번 봐.”

좋은 약재를 가져왔다는 자부심에 정 사장의 목소리가 당당했다.

“러시아 알타이에서 나온 햇 녹용이다. 전약국이 특별히 좋은 거 부탁해서 가져왔네.”

아버지는 두 개의 원용 중에 이게 좋은 거라며 하나를 고른 후 말씀하셨다.

“녹용은 일단 커야 한다. 보통 다섯 가지가 나오는데, 넷째와 다섯째가 밑으로 붙을수록 좋다. 그러면 대체로 품질을 안심해도 된다. 뉴질랜드산도 괜찮은 편이긴 한데, 작고 품종이 다르다. 우리 집은 뉴자는 안 쓰고 원용을 쓴다. 녹용은 러시아와 같이 대륙에서 찬바람 맞으며 자연 목초 먹고 자란 게 좋단다. 또 러시아에선 자연 건조시키지, 다른 나라에선 열로 건조시키고.”

정 사장이 아버지의 말을 받았다.

"그렇지, 전약국 앞에선 녹용갖고 장난 못 치지."

이어 정 사장이 내 이름을 불렀다.

"재규야, 이건 깔깔이인데, 잘 봐라. 보통 알타이 지역의 러시아 쪽에서 원용이 나고, 중국 쪽에선 깔깔이가 난다. 좋은 깔깔이는 품질이 괜찮다. 보통 사람들이 중국산하면 품질 나쁠 거라 생각하지만, 꼭 그렇지도 않다."

깔깔이는 마감이 약간 거칠 뿐, 색깔과 형상이 원용과 크게 다르진 않아 보였다.

"녹용 모르는 데서 사면, 깔깔이 넣고 원용이라고 장난치는 곳도 많다. 이것도 봐라. 약간 솟아 있는 능선처럼 된 부분 말이야. 이게 원용이랑 깔깔이에서 나오는 특징이다."

옆에서 녹용을 살피던 아버지가 하나를 가리켰다.

"이걸로 하겠네. 바로 잘라보자."

"아이구, 역시 상품만 고른다니까. 내가 전약국 같은 사람만 만나면 돈을 못 번다니까."

"재규야, 작두 가져와라."

약장 옆 빈 공간에 있던 작두를 꺼내왔다. 아버지는 능숙한 솜씨로 가지를 절단하고, 남은 몸통을 3등분했다. 3등분한 몸통을 세로로 또 길게 잘랐다.

정 사장이 먼저 선수를 치며 말했다.

"아이고 색 좀 봐라. 잘 나왔제?"

"근데 여긴 각이 좀 돈다. 이건 가격을 좀 내려야겠다."

오랜 지인이었지만, 막상 거래에 있어서는 상인답게 신경전을 펼쳤다. 그러면서 약간 농이 섞인 말씀을 주고받았다.

"전약국, 자네도 잘 알잖아. 대가 크면 각이 좀 도는 거다. 뉴자는 각이 잘 안 돈다. 이건 커서 그런 거야. 좀 봐주라. 대신 여기 봐라. 상대 쪽은 각이 좀 돌아도 내용물이 뽀송하지. 분골만큼은 안 되어도 괜찮은 상대다."

"각이 없는 걸 가져와야 좋은 약재상이지. 내가 정 사장 믿고 하는 걸. 음, 가격은 안 깍을 테니 대신 말이야……. 정 사장 오늘 바쁜가? 괜찮으면 함께 작업을 좀 하자. 저녁에 밥 한 끼 사지. 재규 있을 때 해봐야지."

"녹용값 깎는 대신 몸으로 봉사하라카는겨? 허허, 그러지 뭐. 오늘 일 없다."

정 사장은 억센 대구 사투리로 정겹게 대답했다.

"재규야, 부엌칼 작은 거 가져와라. 그리고 구판장 가서 소주도 사 와라."

아버지는 동시에 두 개, 세 개의 심부름을 시켰다.

"일단 제모부터 하자. 날이 약간 무딘 부엌칼이 낫다. 재규, 너도

와서 같이하자. 이런 거 봐야 진짜 한의사 되는 기다."

정 사장님도 아들에게 말하듯이 한 말씀 거드셨다.

부엌칼로 자른 녹용의 털 부분을 긁어냈다. 모든 게 수작업이었다. 시간도 제법 걸렸다. 약 반 시간을 제모를 하니, 비로소 털이 벗겨지고 약간 까만 색의 뿔 내부가 드러나기 시작했다.

"아버지, 여기 있는 털은 아무리 해도 안 되는데요."

대부분은 벗겨졌는데, 몇몇 부분은 마무리가 안 되어 물었다.

"이번엔 촛불 준비해라."

촛불을 켜고, 남은 털 부분을 태워서 없앴다. 신기하게 털 부분이 타면서 정리가 잘 안 되었던 부분들이 깨끗하게 마무리되었다.

"다음은 소주 가져와라."

이번엔 소주 먹이는 작업이었다. 소주를 녹용에 천천히 붓기 시작했다. 한 번은 정방향, 한 번은 반대 방향.

"천천히 좀 해라. 니 배탈 나서 화장실 가야 되나. 뭐 여자랑 약속 있나?"

정 사장님의 농담엔 애초 당하질 못했다. 농담인지 알면서도 아버지 앞인지라 식은땀이 흘렀다.

여러 차례 이 주침 과정을 반복한 후, 마지막엔 소주에 담궈 두었다.

"너 집 좀 봐라. 난 어르신과 밥 먹으러 갔다 오마. 다녀와서 나머지 작업하자."

어느덧 해는 지고 있었다.

창문 밖에 두 그루의 무궁화가 보였다. 나는 오래 두고 볼 수 있어서 무궁화꽃을 좋아했다. 어머니는 벌레가 많이 생긴다며 이번 꽃만 보고 자르자고 했다.

마당에서는 한약방 일을 돕는 성춘형이 낮에 펼쳐 놓은 약재들을 정리하고 있었다. 30분 정도 지났을 무렵. 식사하고 돌아오신 아버지와 정 사장님은 곧바로 다시 일을 시작했다.

이번엔 석쇠로 굽는 작업이었다. 능숙한 솜씨로 굵은 녹용을 한 번 더 자른 후 석쇠에 굽기 시작했다.

"이래야 소독이 된다. 소주 넣는 것도 소독의 의미가 있다. 사슴 피에 혹시 독소나 곰팡이가 있을 수 있으니까 그것도 막을 수 있고."

"이제 작두질이다. 재규, 작두질 할 줄 아나?"

아버지와 정 사장님이 번갈아가며 말씀하셨다.

"그럼요."

난 작두질은 자신 있었다. 먼저 바닥에 신문을 깔고, 작두 나무 부분에 왼쪽 다리를 괴고 앉아 중심을 잡았다. 녹용 절편을 작두의 칼날 끝이 아닌, 몸쪽으로 많이 당겨야 약재가 잘 썰린다. 작두 칼날을 바깥쪽으로 향하지 않고, 약간 안쪽 방향으로 힘을 가한다. 작두질하는 첫 힘을 가볍게 주되, 우직하게 센 힘으로 누르지 않는다. 한 번

결대로 잘리는 느낌이 나면 곧장 아래 방향으로 힘을 주어 마무리한다.

"작두질을 제대로 할 줄 아네."

"그럼요. 어릴 때부터 봤는데요."

"재규야, 근데 너 작두질은 처음보다 익숙할 때 더 조심해야 된데이. 잘한다고 자만할 때 꼭 손 한 번씩 벤다."

세 명이 함께 작두질을 해 원형의 얇은 절편으로 만드는 작업은 그리 오래 걸리진 않았다. 이제 이틀 동안 잘 건조하는 작업만 남았다. 안채에 들어가 방을 따뜻하게 하고, 녹용을 쭉 깔아 놓았다.

오후부터 시작해서, 늦은 밤이 되어서야 녹용 작업이 마무리되었다.

녹용 하나 만드는데도 이렇게 수작업으로 정성과 시간이 오래 걸리는구나. 방안 가득히 꽃이 핀 듯한 녹용 절편을 보니 절로 뿌듯했다.

"재규야, 힘들긴 해도 녹용을 이렇게 통으로 해서 작업을 해야 좋은 녹용을 쓸 수 있다. 보는 눈도 생길 테고. 생녹용은 말이다, 일단 캐나다 쪽은 엘크 품종이라 약에 넣을 수가 없다. 국내산도 종이 다르다. 사료 먹여서 키웠고, 날씨가 온화한 편이라 러시아산에 비할 바가 아니다. 더군다나 붉은 피가 흥건한 냉동 녹용을 당장 보기 좋다고 가져오는데, 피에는 독소가 있을 수 있어. 약으로 쓰려다 오히려 좋지 않을 수도 있지."

오후 내내 계속된 녹용 수치 작업에 아버지의 머리는 엉클어지고, 이마엔 땀방울이 맺혀 있었다. 늘 단정한 차림이신 아버지의 와이셔츠 한쪽 끝이 바지 밖으로 나와 있었다. 양복바지는 구겨졌고, 부서진 녹용 가루가 묻어 있었다.

나는 담담히 말씀하시는 아버지의 옆모습을 자꾸 곁눈질했다.

며칠 전 녹용을 들고 온 환자를 상대하던 장면이 떠올랐다.

자신의 이득보다 환자의 안녕을 먼저 생각하는 아버지를 온전히 이해했다.

그리고 당신을 닮고 싶었다.

아버지 뇌경색이 오다

2003년 1월 1일.

새해 첫날을 맞아 해운대를 찾았다.

바다를 워낙 좋아했고, 부산은 접근성이 좋아 답답할 때마다 내려가곤 했다. 특히 동백섬을 즐겨 찾았다. 조선호텔 뒤쪽으로 올라가다 보면, 동백섬 약간 높은 언덕에 앉기 좋은 넓직한 바위가 있다. 그곳에 앉으면 시야가 확 트여 같은 바다도 한결 드넓게 다가왔다. 일기가 좋으면 대마도가 보이기도 했다. 소나무가 우아한 자태를 뽐내며 드리웠고, 철썩이는 파도 소리가 그윽한 가락처럼 들렸다. 양지바른 곳이라 1월의 추위도 견딜 만했다.

딱히 이름이 붙여지지 않은 보통의 바위였지만, 나에게는 특별했다. 매년 새해의 계획과 각오를 바위에 앉아 짚어보곤 했다. 97년부터 시작한 나만의 의식이었다.

2003년도 마찬가지였다. 새해 첫날 동백섬에서 한 해의 계획을 세운 뒤, 바닷가 무명화가에게 나의 초상화를 부탁했다. 그리고 해운대 모래밭을 걷고 있었다.

느닷없이 주머니 속 핸드폰이 진동했다. 폴더를 열어보니 어머니에게 온 전화였다. 난 혼자만의 시간을 가질 때는 웬만하면 전화를 받지 않았다. 햇살에 비치는 바다를 더 보기 위해 폰을 닫아버렸다.

하지만 전화가 여러 번 다시 울렸다. 왠지 느낌이 심상치 않아서 전화를 받았다.

어머니는 안부를 묻는 인사도 없이 급한 목소리로 말씀하셨다.

"재규야, 빨리 와라. 아버지가 중풍으로 아침에 병원에 가셨다."

순간 놀라움에 대답을 하지 못했다. 아버지에게 뇌경색이란 단어는 너무 낯설게 느껴졌다. 그때까지만 해도 아버지는 늘 건강했고, 친구들보다 10년은 젊어 보인다는 소리를 들었고, 사회활동도 활발히 참여했다. 설마 큰일이야 있겠어, 하는 생각이 들었다. 그러나 점차 뇌경색이라는 단어의 무거움이 엄습해왔다.

"지금 아버지는 어떠세요?"

"어젯밤부터 머리가 좀 아프다고 해 느낌이 이상하긴 했는데. 아침이 되니까 말하는데 이상하고 얼굴이 좀 돌아가더라. 그래서 바로 제일병원에 모시고 갔다."

어머니는 애써 담담한 말투로 이야기했지만 순간순간 불안한 기색이 그대로 드러났다.

"초기에 치료 잘하면 뇌경색은 괜찮아요. 어머니, 염려 마세요. 지금 출발하겠어요."

본과 1학년이라 뇌경색에 대해 충분히 알진 못했다. 다만 위기 상황에서 흔들리지 말아야겠다는 아들로서의 책임감을 느꼈다.

부산에서 점촌까진 무궁화 기차로 4시간, 서둘러 준비해야 했다.

새해 첫날이라 사람이 많았다. 기차는 여러 곳에서 사람들을 태우느라 조금씩 연착했다. 새마을호를 먼저 보낸다고 시간이 더욱 늦어졌다. 10분을 기다리는데, 한 시간이 지난 것처럼 아득하게 느껴졌다. 기차에서 늘 먹던 삶은 계란도 먹지 않았다. 배고프다는 생각조차 들지 않았다.

머릿속은 온통 아버지 생각으로 가득했고, 마음은 분주했다. 개원한 여러 선배들에게 전화해 뇌경색 환자의 예후와 치료법에 대해 자세히 물어보았다.

형과 누나들에게 계속 전화가 왔다. 아버지가 평소 건강하시다보니 뇌경색 소식에 다들 충격을 받았다. 서울에 거주하는 형과 누나들은 이구동성으로 시골에서 치료하지 말고 서울로 모시고 오라고 했다. 일단 오늘은 내가 아버지를 살피고, 내일 서울로 올라가기로 의견을 나누었다.

밤이 짙어지고서야 겨우 점촌 제일병원에 도착했다.

아버지가 어떠실까 하는 염려에 조바심이 났다. 응급실에서 아버지를 만났다. 환자복을 입은 아버지를 보니 낯설고 당황스러웠다. 침착하게 상황을 풀어나가야겠다고, 나는 무수히 속말을 중얼거리며 다짐했다.

병상에선 아버지가 수액을 맞고 있었다. 응급실에 온 지 하루가 되었다. 고작 하루만에 아버지는 몇 년은 더 나이 들어 보였다. 뇌경색이야 연령에 상관없이 올 수 있지만, 아버지 스스로도 당황하셨던 듯싶다.

아버지 얼굴을 보니 왼쪽 입술과 눈이 어색해 보였다. 말씀하시는데 얼굴 왼쪽이 자연스럽지 않았다. 혀도 마비감이 있다고 했다. 또한 왼쪽 팔과 다리가 힘이 없었다.

마침 담당의사가 회진을 돌고 있었다.

"전약국 어르신, 뇌경색이에요. 오늘 일단 응급처치를 해서 위기는 넘겼어요."

궁금해하는 나의 눈빛에 의사는 이어서 말했다.

"어머니가 아주 잘하셨어요. 아버지를 빨리 모시고 오셨거든요. 앞으로 치료 더 받으면 회복되실 거예요."

CT를 자세히 보더니 예전에도 가벼운 뇌경색이 한 번 지나갔다고 한다.

"재규야, 밥은 먹고 왔냐?"

늦게 왔다고 어머니는 다그쳤지만, 아버지는 아들의 허기를 먼저 걱정했다. 아버지의 따뜻한 말 한마디에 순간 코끝이 시큰해졌다.

"내일 서울에 올라가려 한다. 재득이가 성모병원이랑 경희의료원 예약해 놨다고 하더라. 재규가 한약방을 지켜라. 그동안 약방일 많이 도왔으니, 할 수 있을 거다."

말할 때 왼쪽 입술이 마비되어 입술 오른쪽이 약간 올라갔다. 발음은 새고, 침이 약간씩 흘러나왔다. 놀라고 지치셨는지 목소리엔 힘이 없었다.

아버지의 부재로 생긴 혼돈은 예상보다 훨씬 컸다.

영창당한약방은 아침부터 많은 손님들이 밀려왔다. 간단히 약재를 판매하는 것 외에 약을 짓겠다는 분들은 다 돌려보내야 했다.

전약국 어른 어디 계시냐며 묻는 손님도 많았다. 소문이 잘 옮겨지는 시골 특성상 일일이 뇌경색이 왔다고 대답하기도 곤란했다.

가까운 친척분들이나 친한 동네 어른들은 한의대생이니 침을 많이 배웠지 않냐며, 침을 놔달라고 오시기도 했다. 침 효과가 좋았는지, 매일 찾아오는 분도 있었다. 아예 다른 분을 소개로 데려오기도 했다. 그러다 보니 제법 여러 사람들에게 침을 놓게 되었다. 하지만 아직 한의대생이기에 치료비를 받을 수도 없었고, 가까운 분들 외에는 더 할 수도 없었다.

한편, 아버지의 부재는 내 실력을 키울 좋은 기회이기도 했다.

그전까지만 해도 아버지에게 의서를 배우고, 아버지를 보조하는 정도였다. 이렇게 혼자서 한약방 업무를 보게 된 것은 처음이었다. 우리 영창당의 시스템을 몸으로 익힐 수 있는 귀한 시간이기도 했다.

외부적으로 처방을 하진 않았지만 의서들을 보고 약을 달여 보았다. 여러 가지 유명한 처방을 소량씩 달여 보면서 약에 대해 이해할 수 있었다. 그전까지 탕전과 침 시술은 내 자신에게 실험한다든지 친구와 서로 실습하는 수준이었다. 아버지의 부재로 인해 나는 전혀 다른 차원 속으로 뛰어든 셈이었다.

단 한 분에게 침을 놓더라도, 책을 자세히 살펴봐야 했다. 처방 하나를 보더라도 그 안에 들어간 10~20개의 본초를 다 연구하고 감별해야 했다. 부친의 한약방은 약재상을 겸하고 있었기에 약재를 하나 판매하더라도 아버지에게 확인한 후 본초 책을 꼼꼼히 살펴야 했다.

본과 1학년 겨울방학은 고향에서 꼼짝 못한 채 강제로 공부하게 되었다. 하지만 그 덕에 그해 겨울이 지나고 실력이 꽤 성장했다. 약성가를 외우고, 경락과 사암침 혈자리를 줄줄 외우게 되었다.

한편 서울로 올라가신 아버지는 경희의료원에서 계속 치료를 받으셨다. 형제들은 돌아가면서 아버지의 간병을 맡았다. 어머니도 긴 시간 병원에 함께 계셨다. 걱정이 많고 체력이 좋지 않기에 어머니의 건강 또한 많이 염려되었다. 경과는 나쁘지 않았다. 하지만 뇌경색의 후유증은 있었다. 당신과 자주 통화를 했지만 짜증이 많아졌고, 목소리의 힘이 예전과 같지 않았다.

1월 26일, 중풍이 발병된 지 3주가 지나서야 고향에 내려오셨다.

아버지는 장기간 입원 생활로 많이 지쳐 있었다. 초기에 비해 많이 좋아지긴 했지만 얼굴의 움직임이 30퍼센트 정도 덜 돌아온 상태였다. 왼쪽 팔다리가 바닥에 끌리는 느낌이 있었다. 아버지는 병원에서 응급상황을 넘긴 이후 눈에 띄는 호전이 없자, 스스로 처방을 해보자는 생각에 퇴원을 결심했던 거 같았다.

“재규야, 나 잠깐 나갔다 온다.”

“네? 날도 추운데요. 집에 있으세요. 침도 맞으셔야죠.”

뭔가 다급한 일이라도 있는지, 대답도 없이 나가시는 아버지였다.

나는 약재 포장을 하고 있었다. 난방이 잘 안 되는 한약방의 마루는 썰렁했다.

아버지가 외출하고 얼마 되지 않았을 때였다. 의회 앞 삼거리에서 사람들이 웅성거렸다. 집 앞 도로가 점촌에선 큰길이어서 간혹 교통사고가 나곤 했다. 또 접촉사고라도 난 모양이라고 생각했다.

그날 접촉사고의 주인공은 아버지였다. 길 건너편 자연사진관 아저씨가 집에 급하게 들어오셨다.

“재규야, 네가 와봐야겠다.”

아버지가 문경시의회에서 중앙로 쪽으로 좌회전할 때, 직진하는 택시를 보지 못한 모양이었다. 택시는 빠른 속도로 달려왔는지 차량이 심하게 구겨져 있었다. 택시 기사는 다행히 크게 다치진 않았다. 아버지는 도로 한쪽에서 경직된 표정으로 동네 분들의 부축을 받은 채 서 있었다. 많이 놀라신 듯했다.

서울에서 내려온 바로 다음 날의 일이었다. 얼마나 차가 몰고 싶었으면 그러셨을까. 나는 한편 아버지의 심정을 이해할 수 있었다.

아버지에게도 아이와 같은 면이 있었다. 두 달 전쯤 늘그막에 운전을 배우시곤 곧장 차를 구입했다. 자동차는 남자의 장남감이라고, 기계를 좋아하는 아버지는 병상에서도 고향에 있던 차 생각을 많이 했던 것 같았다.

이후 운전은 어머니의 몫이었다. 아버지도 사고 당시 충격 때문이었는지, 운전에 대한 고집을 피우지 않으셨다. 하지만 사고 이후가 문제였다. 중풍 후유증과 교통사고의 후유증이 함께 나타나고 있었다. 많이 회복되었던 몸이 심리적 충격으로 다시 나빠졌다. 손과 발을 눈에 띄게 떨었다.

2월에 예정한 방학 계획을 모두 취소했다.

그날 이후 나에게는 아버지의 치료와 회복이라는 새로운 과제가 주어졌다. 늘 아버지에게 도움을 받았던 내가, 이제 당신을 치료하기 위한 도전을 시작한 것이었다.

의학의 진리는 말로 표현할 수 없다

새벽까지 아버지는 여러 번 일어났다. 잠깐 잠이 들었다가도 몇 번씩 소리를 질렀다. 어머니도 함께 잠을 이루지 못했다. 그럴 때마다 어머니가 아버지를 진정시키느라 밤을 꼬박 지새웠다. 아버지는 갈증이 심한지 머리맡에 놓인 물그릇을 찾았다. 오늘 밤만 벌써 세 그릇째 물을 비웠다.

아버지는 초췌한 얼굴로 아침 일찍 나를 불렀다.

"재규야, 내 얼굴이 어떠니? 아침에 얼굴이 좀 뻣뻣한 느낌이 든다. 혀도 감각이 없는 듯하구나."

표정 없이 가만히 있으면 잘 드러나지 않지만 웃을 때나 말씀할 때는 입술 주위와 눈 주위 움직임이 더 나빠졌다. 고향에 내려오실 때만 해도 회복이 많이 된 상태였다. 그러나 며칠 전 교통사고 이후로 다시 상태가 악화되었다.

왼쪽 혀의 감각이 떨어진 것도 회복되지 않았다. 왼쪽 팔 또한 움직임이 약간 불편해 보였다. 교통사고의 여파로 목과 어깨의 긴장이 심했고, 심리적 충격 탓에 두통과 구역감도 생겼다.

"아무래도 오늘 약방에 나가긴 힘들 것 같다. 내가 처방을 부를 테니 네가 약을 달여다오."

한 뼘보다 약간 큰 아버지의 처방전. 상단에 처방전(處方箋)이라 한자로 적혀 있다. 성명에 아버지의 이름을 적고, 한자로 본초를 오른쪽에서 왼쪽으로 적어 나갔다. 이번 처방은 당귀수산(當歸鬚散-어혈을 풀어주는 처방)이었다.

교통사고로 인해 생긴 근육의 긴장과 놀란 것을 풀어줘야 했다. 평상시보다 혈액 순환을 도와주는 당귀, 어혈을 풀어주는 소목, 홍화를 두 배 증량했다. 중풍 후유증으로 인한 혈압 상승도 감안한 처방이었다.

난 부지런히 준비해서 아버지의 처방을 약탕기에 넣었다. 바로 달이면 점심이 되기 전 따뜻한 탕약을 드실 수 있을 것이다.

나는 자침하기 위해 아버지가 누워계신 안방에 들어갔다. 퇴원한 이후 하루 두 번씩 침을 놓았다. 마비감이 있는 얼굴 주위 아시혈(阿是穴-아픈부위에 침을 놓는 것)에 침을 놓고, 손끝과 발끝의 소상, 은백을 사혈했다. 또한 합곡, 태충을 자침해서 사관혈(四關-인체의 4관문에 해당하는 주요 경혈)을 풀어주었다.

하지만 눈에 띄는 변화는 없었다. 다만 교통사고 첫날보다 놀란 것은 진정되고 있었다.

"아시혈은 한방병원에서도 많이 맞았다. 처음엔 반응이 나타나더니, 이제 한 달이 지나니까 아시혈만 해서는 안 듣는 거 같다."

중풍이 발병한 이후 경희의료원에서 3주간 치료를 받으셨다. 부친 또한 한의학에 정통하셨기에, 병원 처방과 침 치료 내용을 훤히 알고 계셨다. 처방은 오약순기산 위주로, 침은 아시혈 위주로 30여 개 맞았다고 했다.

"사암침(舍岩鍼-조선 침술의 대가 사암선생이 만든 침법)과 동씨침(董氏針-대만의 동경창선생이 만든 침법)을 배웠다고 했냐?"

아버지의 물음에 나는 대답과 함께 고개를 끄덕였다.

예과 때부터 침의 고수라는 분들을 많이 따라다녔다. 당시에 유명했던 사암침, 동씨침 등 좋은 선생님이 계신 곳이면 먼 길을 마다하지 않고 달려갔다. 부모님께도 종종 침을 놓으려고 했다. 그러나 그동안은 그다지 아들의 실력을 신뢰치 않는 듯했다. 하지만 뇌경색 이후로는 이제 당신의 몸을 온전히 아들에게 맡기셨다.

"일단 발병 시기가 한 달이 지나서, 오장육부의 균형을 잡기 위해 사암침을 해볼게요. 인체를 좌혈우기(左血右氣-인체의 좌측은 혈의 문제, 우측은 기의 문제로 보는 한의학의 인체를 보는 관점)로 보는데, 혈을 많이 소모했고 좌측이 더 경직된 것을 보면 심장에 열이 있어요. 심승격(심장의 기운을 조절하는 사암침의 방법)을 해보려 합니다."

"내가 심장만 문제일까……."

아버지는 뒷말을 이으려다 멈추었다. 하고픈 말이 더 있으신 듯했지만 아들의 생각을 먼저 들어보고 싶어 했다.

아버지는 갑자기 하품을 크게 하셨다. 중풍 이후 기운이 부족한지 하루에도 여러 번 하품을 했다. 심장의 울체된 기운을 풀어주는 심승격을 놓았다. 하지만 눈에 띄는 변화는 없었고, 그날 밤도 아버지는 잠을 이루지 못했다.

다음 날이었다. 아버지가 아들에게 당신의 손을 내밀었다.

"맥을 봐라. 너 맥은 배웠니?"

본과 1학년이라 맥은 아직 이론만으로 조금 아는 정도였다. 맥을 잡았다. 약간 빠르다, 뻣뻣하다 정도 외엔 자세히 알 수 없었다.

아버지는 업권 때문에 진맥 또한 공식적으로는 하지 못했다. 그러나 위 세대의 고수들에게 몸으로 직접 배우셨던 분이다.

"지금 내 맥이 긴맥(緊脈)이다. 새끼줄이 꼬인 듯한 느낌, 뻑뻑한 느낌의 맥이다. 기억해라."

20대의 나의 맥과 비교하니 확연히 비교되었다. 부드럽게 힘이 있는 나의 맥에 비해, 몇 가닥의 실이 꼬인 듯한 아버지의 맥.

"다시 맥을 잡아보아라. 왼쪽, 오른쪽 맥을 비교해봐라. 어디가 세게 뛰냐?

긴장되었다. 아버지와 아들이기도 했지만, 어느 순간부터는 사제지간이기도 했다.

"우측이 더 세게 뜁니다."

"우측을 주관하는 장부는 뭐냐?"

"폐, 비, 명문입니다."

"옳거니. 맥으로는 좌측이 간이고, 우측이 비장이다. 하지만 해부학적으로는 오른쪽에 간이 있어서, 맥을 볼 때 우측을 간으로 보기도 한다. 네가 얘기했던 심장만 봐야 하는 게 아니라 간도 봐야 한다."

어려웠다. 맥학의 이론과 해부학의 이론을 함께 고려하라는.

입이 마르는지, 물을 한 모금 들이키셨다. 아직 입의 감각이 떨어져서, 물이 몇 방울 옆으로 떨어졌다. 이해하기 어렵다는 표정을 짓는 나를 보고, 계속해서 말씀하셨다.

"임상에선 원인이 하나만 있는 것은 드물다. 한열허실착잡(寒熱虛實錯雜)이라 하여, 복잡한 양상으로 가는 경우도 많다. 예를 들어, 몸이 허한 어르신이 체기가 있으면 어떻게 해야 할까?"

난 대답을 못 하고 아버지의 얼굴을 바라보았다.

"기본적으로 허증이지만, 체기가 그날 온 것은 실증이다. 일단 체기부터 풀어야 한다. 특히 병이 오래될수록, 노인일수록 한증과 열증, 허증과 실증이 복잡하게 얽혀진다."

어제 말씀하려다가 그만둔 것은, 나의 실력을 시험하고 있었던 것이었다.

오랜 노심초사와 피로의 누적은 심장의 스트레스이기도 했지만, 간의 피로이기도 했다. 게다가 교통사고로 이차적인 근육의 경결과 어혈이 생겼다. 부친의 질환은 중풍 2개월째가 되면서 새로운 양상을 보였고, 여기에 맞는 변화된 치료법을 요구하고 있었다.

이날은 간정격을 시술했다. 다행히 그날 밤은 좀 더 편안한 잠을 주무셨고, 다음날 긴맥이 조금 풀어졌다.

"오늘은 뜸을 하자. 요즘 소화가 안 되고 입맛이 영 없다."

또 하루가 흘렀다. 아버지는 어제의 치료에 반응이 나타나 혈색이 조금 더 나아졌다. 하지만 오늘 아침도 식사를 거의 못하셨다.

약장에서 애엽을 꺼내시곤 익숙한 솜씨로 가루보다 조금 굵고 거칠게 분쇄를 했다. 요즘에 많이 하는 방식인 뜸을 종이에 싸서 피부와 간격을 두고 시술하는 간접구가 아니었다. 아버지가 하시는 방식은, 살갗 바로 위에 뜸을 올려 오히려 강자극으로 화상을 유도하는 예전 방식이었다. 효과를 보일 때도 있지만 극심한 통증으로 환자가 견디기 힘들다. 또한 피부화상 우려 때문에 요즘엔 꺼리는 방식이었다.

"족삼리, 중완, 상완에 뜸을 올려라."

직접구는 시도해 본 적이 없었다. 아버지의 피부에 상처를 내고 오히려 기력이 떨어지지 않을까 두려웠다.

하지만 해야만 했다. 뜸에 불을 붙이면서 손이 떨렸다.

처음으로 직접구를 시술해 보았다. 뜸을 태우기 시작했다. 초반에 불이 붙다가 꺼지면서 연기를 내뿜었다. 안쪽으로 타들어가며 피부를 자극할수록 아버지는 작열하는 고통에 눈을 감았다. 진땀을 흘리며 몸을 떨었다. 피부가 이미 많이 붉어졌다.

"두 번 더 하자."

이번엔 나도 두려워하지 않았다. 좀 더 능숙하게 애엽에 불을 붙이고, 담담하게 치료받는 아버지를 지켜보았다. 세 번의 고통스러운 뜸 치료 과정을 끝낸 후, 많이 피곤하셨는지 곧바로 잠이 드셨다.

아, 아버지는 나를 아들로만 대하고 있지 않았다.

하나라도 더 가르치려는 스승으로서, 자신의 병을 치료하고자 하는 환자로서, 절실히 나에게 다가오고 있었다.

지난 며칠간 아버지를 치료하면서, 내 마음속 의지가 깨어나고 있었다. 효(孝)와는 다른 차원의 감정이었다.

뇌졸중이라는 질환과 승부를 내야겠다는 각오.

한 환자에게 전력을 다해서 그의 고통을 덜어주겠다는 각오였다. .

'의학의 진리는 말로 표현할 수 없고, 마음으로 스스로 깨닫는 것이다.'

그 '의자의야(醫者意也)'의 의미를 어렴풋이 이해할 듯했다.

****

앰뷸런스는 사이렌을 울리며 맹렬히 질주했다.

아버지는 거친 호흡을 토해내며 힘겹게 버티고 계셨다.

당신의 몸에는 여러 개의 줄이 달려 있었다. 계속해서 바이탈을 확인하며, 빠르게 수액을 주입하고 있었다.

나는 차가 덜컹거릴 때마다 당신을 진정하기 위해 손을 잡았고, 깡마른 몸을 안아드렸다.

출발할 때는 구름이 조금 낀 일기였다. 충주를 지나자 달이 구름 사이로 나오기 시작했다. 어느덧 별들이 하늘에 반짝였고, 보름을 막 지난 달이 밤하늘을 밝히고 있었다.

서럽게 아름다운 밤이었다.

생사의 기로에 있는 아버지와 함께 고향을 향해 달려가고 있었다. 찬 바람이 차창 유리에 부딪혀 서리가 끼고 있었다.

의사들은 길에서 돌아가실 수 있다며 귀향을 반대했었다.

당신은 눈물을 흘리며 고향에 돌아가고 싶어 하셨다. 여러 사람의 반대를 무릅쓰고 귀향을 결정했고, 아버지는 지난 100km를 기어이 버텨내셨다.

이제 문경까지 남은 거리는 60km.

아버지의 의식을 깨우기 위해 난 당신과 나의 이야기를 쉬지 않고 들려드렸다. 아버지는 짧은 몇 마디만 하셨다. 그래도 간혹 미소도 짓고, 나를 지긋이 바라보곤 하셨다.

하지만 긴 여정을 버티기엔 아버지의 남은 체력은 바람 앞의 등불 같았다. 앰뷸런스를 탄 지 40여 분이 지나자 아버지의 의식은 급격히 흐려졌다.

이렇게 당신을 보낼 수는 없었다.

난 신께 간절히 기도드렸다.

한 시간만이라도 죽음을 늦춰달라고.

남은 60킬로를 무사히 달려, 단 한 순간이라도 고향 땅을 볼 수 있게 해달라고.

나는 아버지를 분기시키기 위해, 연락을 끊은 채 반 년 넘게 오지를 다니며 방황했던 시절의 내 이야기를 하기 시작했다.

당신은 아들 걱정에 마음 아팠던 그 시절을 떠올렸을까, 희미하게 다시 눈을 뜨셨다.

Chapter 3

•

길 위의 한의사

학창시절은 길었다.

아들의 기다림도, 아버지의 기다림도 길었다.

한의대를 졸업하는 날. 이제 한의사가 된 아들을 바라보며

오랜만에 활짝 웃으셨다.

아들의 졸업장은 아버지의 훈장이기도 했다.

아버지는 이제 개원하고, 가정을 이루기를 희망하셨다.

하지만 아들은 부원장 생활을 한 뒤

지리산에 들어가 주역을 공부했다.

개원하기에 앞서 세상을 더 알고 싶다며

배낭을 메고 인도로 떠났다.

아버지와의 동행

“도움이 필요해. 천안으로 와 주라.”

영운이는 복잡하게 말을 하지 않았다. 어떻게 보면 긴 말을 하지 않는 경상도 남자답다는 인상을 주기도 했다.

영운의 아버지가 편찮으시다고 했다. 배려심 많은 친구가 오늘 바로 올라오라는 얘기는 아버지의 질환이 중하다는 의미임을 미뤄 알 수 있었다. 오랜 친구라 행간의 의미를 읽을 수 있기에 나도 길게 얘기하지 않았다.

“그래 올라갈게, 지금 병원에 계시니?”

“이틀 전에 쓰러지셨어. 병원에서 검사를 다 했어. 아무 이상이 없다더라. 일단 증상이 덜해져 집으로 오긴 했는데, 여전히 밥도 못 드시고 머리도 많이 아파하시네.”

토요일 퇴근 무렵, 하필이면 소개팅을 하기로 된 날이었다. 어제는 퇴근 후 미용실도 다녀왔고, 옷도 하나 샀다. 하지만 친구의 전화를 받고는 긴 고민 없이 약속을 취소하고 천안으로 가기로 결정했다.

부원장으로 근무하던 한의원에선 친구의 사정을 듣고 약도 챙겨가라고 했다. 하지만 급하게 올라가는 거라 약을 탕전할 시간은 없었다. 아직 친구 아버지를 보진 못했지만, 침과 란셋을 준비하고 당장 쓸 수 있는 기성약 두 가지를 가방에 넣었다.

중풍 초기에 써볼 수 있는 곽향정기산(藿香正氣散-소화기가 약할 때, 두통과 어지럼이 있을 때, 감기와 식체가 함께 있을 때 쓰는 처방)과 식사를 못한다는 말에 평위산(平胃散-소화불량을 치료하는 처방)을 챙겼다.

부산에서 천안까지는 330킬로미터, 속력을 제법 내며 쉬지 않고 차를 몰았다.

다행히 세 시간 만에 천안IC에 도착했다. 친구의 고향은 입장면, 천안 시내에서 또 20여 분을 들어가야 했다. 오랜만에 가는 친구의 집, 주위를 살필 겨를 없이 바로 집으로 들어갔다.

가족의 우애가 유독 좋은 영운의 형제들은 아버지 병환에 대한 염려로 이미 모여 있었다. 간략히 인사를 하고 바로 진찰에 들어갔다.

아버지는 목소리가 약하고, 머리가 아픈지 눈을 찡그리고 있었다. 이틀을 제대로 못드신 탓인지, 안색이 좋지 않았다.

"아버지, 어디가 제일 불편하세요?"

"머리가 많이 아파, 구토도 했고."

"팔다리에 힘은 있어요?"

아버지가 말하는 것을 힘겨워하자, 친구가 대신 설명하기 시작했다.

두통과 구토의 원인을 찾기 위해 뇌 CT검사, 심전도, 혈액, 소변검사까지 했다. 그러나 특이소견이 없었단다. 몇 가지 주사를 맞고 난 뒤 일단 응급상황은 넘겼는데, 두통이 계속 남아 있었다.

병원에선 일단 진통제만 처방하고 퇴원을 시켰다고 했다.

"검사는 잘했어. 아무래도 연세가 있으니까 여러 가지 가능성을 체크해 봐야지. 혈압은 괜찮아?"

"혈압도 정상이야, 우리도 고혈압 때문이 아닐까 해서 매일 체크하고 있거든."

진맥을 해보았다. 전반적으로 긴맥(緊脈-어혈, 피로, 감기, 식체가 있을 때 주로 나타남)이었다. 고령인 점을 감안하면 딱히 병맥이라 보긴 어려웠다. 다만 식체와 감기가 있을 때도 이런 맥이 종종 나타났다. 한편 오른쪽에서 활맥(滑脈-담음증상이 있을 때 주로 나타남)을 보였다. 비위 기능이 좋지 않음을 의미했다.

혀의 상태를 보니 중앙에 백태가 많이 끼었다. 위가 허함을 의미했다. 맥진과 설진이 일치했다.

다음은 복진을 해 보았다. 상완, 중완(위장 상부)이 긴장되고, 눌렀을 때 많은 통증을 호소했다. 식체(食滯)를 의미했다. 양방검사에서 구조적으로는 특이소견이 없었기에 기능적 문제인 식체 가능성이 90

퍼센트 이상이었다.

나 또한 올라오면서 중풍 초기가 아닐까 하는 염려에 걱정을 많이 했다. 예상보다 나은 상황에 살짝 미소가 나왔다.

"영운아, 아버님 체하셨어. 체기가 심할 땐 겉으로 보기에 중풍처럼 나타날 때도 있어. 침 맞고 시간 지나면 나으실 거야."

바로 합곡(合谷), 족삼리(足三里)에 자침하고, 좌우 소상(小商)과 은백(隱白)을 사혈 했다. 10분쯤 지났을까, 아버지가 '끄윽' 하며 트림을 하기 시작했다.

평위산과 곽향정기산을 준비하길 잘한 셈이었다. 위장을 풀어줄 수 있는 평위산을 먼저 데워 복용하게 했다.

추가로 침을 더 놓고, 20분 정도 유침(침을 놓고 경락을 순환시키는 시간)을 하고, 잠깐 방 밖으로 나왔다. 뒤이어 영운이도 밖으로 나왔다.

자신감 있는 나의 표정에 영운이도 불안했던 마음이 진정된 듯했다.

영운이 집은 입장면에서 포도농사를 했다. 집 앞의 포도밭 풍경이 이제야 눈에 들어왔다. 연두빛 포도송이가 이제 방울방울 생기고 있었다. 다음 달이면 포도가 제법 익어갈 것이다.

생각해보니 올라오면서 밥도 못 먹었다. 비로소 배가 고파지기 시작했다. 하지만 진료를 마무리하기 위해 다시 방으로 들어갔다.

"재규야. 머리가 한결 덜 아프구나."

아버지 목소리가 꽤 밝아지고 힘이 생겼다. 조금 전까지 심하게 긴장되어 있던 명치 아래 부위가 많이 부드러워졌다. 식적이 풀어지고 있었다. 더욱 좋아지겠다는 자신감이 생겼다.

"일단 평위산과 곽향정기산을 2시간 간격으로 복용해 보세요. 저녁에 한 번 더 침을 놓을게요. 내일 아침이면 다 나으실 겁니다."

함께 있던 형제들의 얼굴도 밝아졌다. 영운이도 아버지의 미소를 보며 비로소 웃기 시작했다. 친구는 '내가 걱정할 거 하나도 없다고 했지?'하며 기분 좋은 허세를 부렸다. 형제들도 안심한 듯 비로소 나의 근황을 물어보았다.

그날 저녁에 침을 한 번 더 맞고, 약을 세 봉 복용한 후 아버지는 많이 좋아지셨다. 저녁엔 방에서 나와 집 주위 산책을 하셨다. 소량의 죽이었지만, 식사도 다시 시작하셨다. 경과가 아주 좋았기에 천안에 더 머물 이유가 없어 그날 밤에 부산에 다시 내려왔다.

이틀 후 친구에게 다시 전화가 왔다.

"재규야, 오늘 병원 갔다 왔어. 경과 좋다고 이제 안 와도 된다고 하더라. 근데 아주 웃긴 일 있었어. 5일치 두통약을 더 처방해주면서, 한약은 절대 먹지 말라고 하더라. 내가 그냥 아무 말 안하고 처방만 받고 나오려다가, 괜히 화나는 거야. 병원에선 온갖 검사만 하다가 낫지 않았는데, 너한테 침맞고 나았잖아."

영운이는 우쭐거리며 덧붙였다.

"그래서 한마디 했지. 내 친구가 한의사인데, 친구한테 침 맞고 하루 만에 나았다고."

"한의원, 의원 어디서든 병이 나으면 된 거지."

"그러자 의사가 뭐라고 했는지 알아? 좀 무안했는지, 침으로 우연히 나았나 보네요 하고 말을 얼버무리더라고."

"영운아, 근데 아버님 맥이랑 설진을 봤을 때, 위장이 약해진 게 오래 되었어. 마무리로 위장을 보하는 한약을 15일 정도 복용하자. 그럼 재발 안 할 거야."

아버지의 쾌유에 친구도 나도 기뻐했다. 하지만 병원에서 한약에 대해 그렇게 복약지도를 하는 것에 대해선 전화를 끊고 나서도 씁쓸했다.

저녁에 아버지께 안부 전화를 하며 천안에서의 일을 들려드렸다. 환자가 쾌차한 것을 자랑도 하고 싶었고, 친구와의 씁쓸했던 대화도 이야기하고 싶었다.

아버지는 자랑과 푸념에는 별다른 반응을 보이지 않았다. 오직 처방만을 물었다.

"처방을 어떻게 할 셈이냐?"

"보중익기탕(補中益氣湯-폐와 위의 기운을 보강하는 처방)을 써보려고 합니다. 식체 이후에 위장의 기운이 상했으니 중기(中氣-비위의 기능을 의미)를 북돋아 주는 처방을 쓰면 좋을 것 같습니다."

"음. 나쁘지 않다고 본다. 혈압은 어떠냐?"

"아직 혈압은 높아요. 혈압약은 드신다고 하는데 안정이 되질 않네요."

"변은 어때? 변비는 없니?"

아차. 통변(通便)을 놓쳤구나. 아버지의 한마디 질문에 가슴을 쳤다.

아버지의 목소리가 갑자기 커졌다. 아버지의 화난 목소리가 전화기 밖으로 울렸다.

"혈압이 있고, 식체가 있는데, 변을 확인 안 하는 게 말이 되냐! 대학 공부를 6년이나 하면서 뭘 공부한 거냐."

아버지는 단단히 화가 나셨다. 하지만 이치에 맞는 말씀이었기에 나는 그저 부끄러워 말을 잇지 못했다. 전화기 사이로 아버지와 아들 사이에 한참 정적이 흘렀다.

"재규야!"

아버지의 목소리가 한결 누그러졌다.

"양방이든 한방이든 실력으로 승부해야 한다. 환자가 낫는 거에만 집중해. 오진해서 환자를 더 나쁘게 하면 그보다 나쁜 의사는 없다. 넌 이제 시작이니 실력을 계속 쌓거라."

환자가 낫는 거만 생각하라는 아버지의 말씀이 마음속 깊이 파고 들었다. 전화기 너머 아버지의 얼굴, 아버지가 계실 약방의 풍경이 떠올랐다.

갑자기 당신이 보고 싶었다. 아버지의 날카로운 충고에 부끄럽기도 했지만 이상하게 가슴이 벅차올랐다. 아버지와 아들이 환자에 대해 함께 이야기한다는 사실 때문이었다.

나는 비로소 실감하고 있었다. 아버지와의 동행을.

의학과 역학의 뿌리는 같다

아버지는 하얀 도포에 갓을 쓰고, 외출 채비를 하셨다. 향교 행사가 있는 날이었다.

경북 북부는 뿌리 깊은 선비문화가 남아 있는 지역이었다. 한학이 사회 전반적으로 위축되어 있지만, 아직도 이곳에는 한학을 공부하는 분들이 제법 많았다. 향교에서 한담을 나누고 한시를 발표하는 행사가 종종 치뤄지곤 했다.

아버지는 함창읍 대조리에 있는 함창향교에 주로 나가셨고, 주변의 한학과 서예를 하는 분들과 폭넓은 교류를 하셨다. 아버지는 유림에서 큰 행사가 있을 때마다 참석하셨다. 그래서 한약방에도 진귀한 광경이 벌어지곤 했는데, 갓을 쓴 어르신들이 한약방 가득 모여 있는 모습이었다.

아버지는 석포(石浦) 할아버지를 특히 존경하셨다.

근세에 접어들면서 당시 많은 조상들이 고생을 했다. 우리 집안도

예외는 아니어서 조선 중기 이후론 가난을 면치 못했다고 전해진다. 5대조 할아버지가 비로소 상주 이안 여물리에 정착을 하셨다고 한다. 이분의 후손 중 한 분이 석포 할아버지인데, 여물리 지역에 서당을 열어 후학을 많이 양성하셨다.

아버지는 가난한 가운데 열심히 살아가는 사람, 꿈을 가지고 열심히 공부하는 사람을 좋아하셨다. 존경과 흠모하는 마음이 워낙 커 석포 할아버지 제자들의 유계를 계속 후원하셨다. 노년에 이 할아버지를 기리는 석포정(石浦亭)이라는 사당을 고향에 세우기까지 했다.

아버지는 20세기를 살아가는 선비였다.

혼란한 시대 가난한 가정의 장남으로 태어나 정규교육을 덜 받았을 뿐, 학문에 대한 열정은 대단하셨다. 어린 시절 주경야독하며 한학 공부를 하셨다. 동네에서 한학을 공부한 어른들이 있으면, 일부러 찾아가서 학문을 배우셨다고 한다. 평생의 습관이 되어 퇴근 후에도 한약방에 나와서 의서를 보거나 한문 책을 탐독하시곤 했다.

삼강오륜은 우리 집의 법도이기도 했다.

부자유친했지만 엄하셨고, 정은 많으셨지만 부부유별을 지켰다. 부부유별은 수줍음을 타는 당신의 성격과도 어울려 내가 어릴 때만 해도 부모님이 시내를 함께 나가는 모습을 많이 보지 못했다. 같이 가더라도 붙어서 가지 않고, 약간 떨어져서 다니셨다. 또한 어르신들에게 깍듯이 존경의 예를 표했고, 늘 장유유서를 강조하셨다. 특히 학문이 깊은 분들에 대한 존경은 특별했다. 법도에 어긋나는 것을 매우 경계하셨다.

어릴 때부터 아버지는 틈날 때마다 한자 공부의 중요성에 대해 강조하셨다. 천자문은 기본이었고, 명심보감과 소학, 통감부터 공부해야 한다고 귀가 닳도록 말씀하셨다. 실제로 한자를 많이 가르쳐 주셨다. 아버지는 기회가 있을 때마다 고서를 사셨는데, 약방 옆 작은 창고에는 고서가 가득 차 있었다. 이 고서들은 훗날 당신이 먼 여행을 떠난 후 안동 국학진흥원에 기증되었다.

초등학교 때였다. 한자 공부를 잘 가르치는 곳이 있다고, 집에서 가까운 애경노인회관에 나를 데려가신 적이 있었다. 할아버지 선생님이 큰 소리로 한문 책을 읽어나가면, 동네 어린이들이 옛날 방식으로 따라 읽어야 했다. 지난번 공부한 것을 복습한다고 앞에 나와서 한자를 적는 시험을 치기도 했다. 잘못하는 어린이가 있으면 회초리로 벌을 주었다. 옛날 서당 방식이었다.

나는 몇 번 나가지 않고 중단했다. 할아버지 선생님이 너무 무서웠고, 경직된 분위기에 주눅이 들어 도저히 못하겠다고 뛰쳐나왔다.

아버지는 늘 한자 공부의 중요성에 대해 강조하셨고, 21세기는 중국의 시대가 올 거라고 말씀하셨다. 80년대 후반만 하더라도 미국 문화에 경도되어 중국에 대해선 특별히 관심이 없을 때였다. 사서삼

경을 공부하는 사람도 별로 없던 때였다.

"중국 얕잡아 보지 마라, 10억이 정신 차리면, 우리나라는 중국에 어림도 없을 거다."

많은 사람들이 가는 영문과에 진학할 바엔 중국어과나 한문학과를 택하라고, 남들이 안 하는 걸 해야 한다고 이야기하곤 하셨다. 지금 생각해보면 부친의 혜안은 늘 번뜩였던 것 같다. 실제로 90년 한중 수교 이후 중국이 급부상했고, 당시 중국의 시대를 준비했던 사람들은 앞서 나갔다.

중년의 아버지에게 부족했던 점을 꼽자면, 자녀와의 대화였다.

그 시절 많은 아버지의 모습대로 아버지는 엄해야 했고, 아버지 말은 법이 되어야 했다. 설득보다는 지시와 명령이었다.

아버지는 한자 공부를 시키기 위해 나의 의사를 묻지 않고 무작정 노인회관으로 데려갔다. 괜한 반항심에 한자 공부는 외면하고 영어 공부에만 몰두하던 시간도 있었다.

자의든 타의든 집안의 문화는 나의 몸속에 녹아들었다. 어린 시절부터 한자를 제법 많이 알게 되었다. 요즘이야 신문이 모두 한글로 나오지만, 90년대만 해도 한자가 많이 섞여 있었다. 아버지는 늘 아침에 신문을 정독하셨고, 나는 그런 아버지를 좇고 싶어 한자도 모르던 시절부터 신문을 펼쳐놓곤 했다. 나중엔 문리가 좀 트였는지, 고교 시절 한문 과목은 늘 좋은 성적을 얻곤 했다.

한의대에 입학한 이후 어려서 했던 한자 공부가 큰 도움이 되었다. 마침내 아버지의 뜻을 이해하면서 스스로 한자 공부를 하게 되었다. 매일 아침 사서를 강독하는 대구 백단서원에서 논어와 맹자를, 경산에서 서실을 하는 석운 선생님과 함께 소학과 명심보감을 공부했다.

한국 주역의 대가 대산(大山) 선생님과 청고(靑皐) 선생님을 만난 것은 내게는 큰 인연이었다. 청고 선생님께는 대학과 중용을, 특히 주역을 열심히 배웠다.

본과 2학년 때였다. 대구에 큰 선생님이 내려오셨다고 한의대생들 사이에 화제가 되었다. 청고 선생님의 공개강의는 한 가정집에서 열렸다. 한의대생 백여 명이 모였는데, 가정집에서 강의하기엔 공간이 부족했다. 결국 몸을 비집고 들어가 강의를 들었다. 자리에 앉지 못한 많은 학생들은 서서 들었으며, 마당에서 멀리 지켜보기도 했다. 실로 장관이었다.

청고 선생님의 학식을 흠모하였지만, 한편 나는 선생님의 소탈하고 인간적인 모습이 너무나 좋았다.

수업이 끝난 후엔 대연(大衍)학당(청고 선생님이 대구에서 만든 주역학당) 바로 옆에 있는 대덕식당에 가서 막걸리와 선지국밥을 먹었다. 막걸리를 주고받으며, 밤이 늦도록 수업 시간에 못한 주역에 관한 얘기를 함께 나누었다.

아버지는 무엇보다 내가 주역을 공부하는 것을 흡족하게 여기셨다. 의역동원(醫易同源)이라, 한의사는 꼭 주역을 공부해야 한다며 강조하셨다. 당신은 마땅한 선생을 만나지 못해 제대로 공부하지 못했다면서 아쉬움을 토로하셨다.

나는 개원을 앞두고 학창시절부터 꿈꾸던 주역 통강을 도전해보고 싶었다. 지리산 고시원에서 숙식을 해결하며 주역 공부에 열중했다. 2007년 신명행사에서 주역 전문 통강을 했을 때, 아버지는 누구보다 기뻐하고 자랑스러워하셨다. 주역 통강은 주역 64괘 384효 등 주역 전문 2만 자를 옛 선비들이 하던 방식대로 외우고, 대산 선생님 앞에서 시험을 치뤘다.

주역 통강을 해낸 후, 많은 사람들의 박수를 받으며 무대를 내려와 아버지를 안아드릴 때였다. 포옹을 풀려고 하자 아버지가 나를 놓지 않으셨다. 늘 감정을 에둘러 표현하셨지만, 그날만큼은 아들의 등을 두드리며 두 팔로 오랫동안 안아주셨다.

길 위의 한의사

아버지는 완강히 거부하셨다.

세상을 배우고 싶다고, 먼 길을 떠나고 싶다는 나의 말에 아버지는 불호령을 내렸다.

"안 된다. 절대 안 돼!"

난 이미 마음을 굳혔다. 내일 인천항을 떠나기로.

세상을 향해 나아갈 준비가 안 된 상태에서 개원할 수는 없었다. 남들처럼 하라는 말이 나에겐 그저 공허할 따름이었다.

"제정신이냐? 주역 공부한 것까진 이해하겠다. 결혼은 언제 할 거냐? 개원은 안 할 참이냐? 지난번 맞선 자리도 걷어차더니, 넌 아버지를 뭘로 아는 거냐?"

결혼 생각이 없었던 나에게 아버지는 맞선 자리부터 먼저 정하고 통보했다. 밀어붙이는 아버지의 뜻을 난 불참으로 응답했다.

지난 2월, 부원장 생활을 마친 뒤 난 알 수 없는 공허감에 빠져들었다. 주위 사람들은 아버지가 고향에서 신망을 얻고 계시니, 그 자리에 들어가 개원하면 얼마나 좋으냐며 당연한 듯이 나의 미래를 단언했다. 그리고 짝 잘 만나서 아이 낳고 살라며 덕담을 해주었다.

그렇게 정해진 길로 가면 목적지에 갈 수 있단 말인가?

난 안개 속을 걷고 있었다.

모든 게 엉망이었다.

몇 달 전 참석했던 학교 동기의 결혼식. 그저 축하하기 위해 참석했지만, 다시 허무함과 마주쳤다. 차라리 결혼식에 얼굴만 비추고 바로 떠났어야 했다.

결혼식을 끝내고 동기들과 함께 식사를 하는 자리였다. 동기들의 얘기가 도무지 귀에 들어오지 않았다. 그들이 하는 얘기들이 하나같이 허공을 떠다니는 느낌이었다.

내가 왜 이 자리에 있을까? 식사만 끝내고 서둘러 자리를 떠야겠다고 생각했다.

동기들은 선배 한의원을 찾아다녔고, 개원 자리를 찾고 있었다. 친한 형님들은 벌써 개원을 하기도 했다. 오랜만에 만났건만 아무도 추억을 이야기 하지 않았다. 어디서 한의원을 할지, 개원 대박을 어떻게 터뜨릴 것인지에만 주목하고 있었다. 1년 전 개원한 선배가 자리를 잘 잡아서 벌써 벤츠를 샀다느니, 아파트를 마련했다는 얘기를 선

망의 눈빛으로 듣고 있었다.

"재규야, 넌 요즘 어때? 개원 어디서 할 거니?"

묵묵히 음식을 먹는 나에게 한 친구가 물었다.

나는 개원을 준비하는 대신, 주역 책을 들고 지리산으로 들어갔다.

의역동원(醫易同源).

의학과 역학은 근원이 같다고 했다. 좋은 의사가 되기 위해서는 역학을 공부해야 한다는 수백 년 전 명의들의 조언은 나의 화두였다.

퇴계 선생은 주역을 깊이 있게 공부하고, 활인심방(活人心方)이라는 책도 저술하였다. 유학의 대가가 의학 책을 썼다. 학문의 정상에선 주역이 만나고, 또 의학이 만난다. 공자는 죽는 순간까지 주역 책을 놓지 않았다고 한다.

풀리지 않는 매듭, 세상에 나갈 준비가 안 된 나는 주역 책을 보며 침잠했다.

지리산 웅석봉 자락 고시원.

새벽 5시에 일어나 주역 전문을 먼저 쭉 읽었다. 그리고 기천문 수련을 하러 고시원 아래 자그마한 공터로 내려갔다. 멀리 지리산 자락을 바라보며 내가신장(기천문 수련 중 기를 모으는 정공법의 하나)을 했다. 수련으로 옷이 땀에 흠뻑 젖고 얼굴이 볼그레 상기 되면, 안도감이 들었다. 내가 나의 자리에 잘 있구나 하는 안도감이었다.

그곳에는 고시 준비, 공무원 준비를 하는 사람들이 많이 있었다. 나는 그들 속에서 일종의 이방인이었다. 그들은 이 특이한 신입을 호기심 있게 여기며 자꾸 말을 걸어보려 했다. 밤에는 이야깃거리가 제법 있어 보였는지 술 한잔할 것을 권했다.

나는 사람들과 어울리는 대신 침묵을 선택했다. 그들은 여유로운 친구가 한가하게 주역 공부나 하러 왔다며 수군댔다.

하지만 난 백척간두에 서 있었다.

한의원 개원이 내 인생 목표가 아니었다.

나도 모르겠다, 내가 어떤 길을 걸을지.

퇴계 선생이 몰두했고, 공자가 위편삼절하며 공부했던 주역이 나의 길에 어떤 실마리를 줄수 있지 않을까. 나는 주역을 보듬고 나의 길을 간절히 묻고 있었다.

새벽 5시부터 밤 12시까지 오직 나와의 싸움.

6월 10일에 있을 신명행사(한 해의 명운을 펼친다는 뜻으로, 국가를 위한 기도, 개인의 행복을 위한 행사를 한다. 동방문화진흥회의 가장 큰 행사)에서 주역을 통강하기로 결심했다.

두 평 고시원 방에 주역괘를 붙여 놓았다. 책상 스탠드에는 '집중'이라는 글씨를 써 놓았다.

밤이 되면, 벌레 소리가 제법 울렸다. 그리고 적막.

작은 방을 벗어나는 순간은 오직 아침 수련할 때와 밥먹을 때, 그리고 생리 욕구를 해결할 때였다. 백척간두에 서 있는 나의 근원적 회의감은 절실하게 주역을 공부하게 했다. 그렇게 하루하루가 흘러 33일이 지났다.

서울유스호스텔에서 열렸던 2007년 신명행사에서 주역 통강을 했다. 그래, 나는 해냈다. 유학을 제법 공부했다는 유학자들도 힘들어하는 주역 전문 2만여 자의 암송을 막힘 없이 풀어냈다.

오늘만은 내 자신에게 갈채를 보내고 환호하고 싶었고, 그래야 마땅했다. 의역동원을 설파했던 먼 과거의 선배 의사에게도 자랑할 만하다. 드디어 제가 해냈어요, 라고.

모두의 박수를 받은 그날 이후에도 공허감은 가시지 않았다. 이제 인문학적으로는 의사가 될 준비를 좀 했다고 위안을 삼긴 했다.

그럼에도 채워지지 않는 이 허무함.

친구들과 밤새 술을 마셔도 해결되지 않았다. 여자친구와 이별하며 인간관계에 대한 성찰이 더 깊어지긴 했다. 하지만 완전하지는 않았다. 우정과 사랑으로도 잡히지 않는, 그 무언가에 나는 여전히 무력감을 느꼈다.

세상에 나가기에는, 그리고 병원을 열어서 환자를 받는다는 것은 아직 용기가 나지 않았다. 잡히지 않는 무언가의 결여, 그 정체를 알아내야 했다.

"인생 어렵게 살지 마라. 평범히 살아라. 남들처럼 살아!"

아버지는 배낭을 멘 아들을 만류했고, 호통을 쳤고, 애써 달래기도 했다. 나는 나대로 여러 번 설득했지만, 생각의 차이를 좁힐 수 없었다.

당신의 허락을 받고 떠나면 더 좋았겠지만, 이건 나의 인생이었다.

집에서 하룻밤을 잤다. 이튿날 새벽, 아버지께 마음속으로 큰 절을 드린 후 첫차로 고향을 떠났다.

"아버지, 여기 인천항이에요. 이제 배 타고 중국 청도로 갑니다. 저 좀 길게 다녀올 거에요."

통보와 다름없는 전화를 하고 길을 나섰다. 배낭 속엔 침과 간단한 의약품을 챙겼고, 고심하다 책 3권을 넣었다.

'체게바라 평전', '닥터 노먼베쑨', '주역정문'.

2007년 8월 7일이었다.

돌아올 날은 정하지 않았다.

죽음을 기다리는 집에서

무작정 배낭을 짊어지고 인천항을 출발한 지도 3개월이 넘었다.

거울을 바라보았다. 어느 새 뒷머리가 옷깃에 닿고, 콧수염도 덥수룩하게 자라 있었다. 저렴한 식사에 영양이 부족하다 보니, 몸무게도 빠지고 얼굴도 핼쑥해졌다. 선크림을 바르지 않은 채 작열하는 태양 아래 다녔기에 피부색도 까맣게 변했다. 나를 처음 본 사람들은 내가 한국말을 하면 오히려 놀랄 정도로 형색이 많이 달라져 있었다.

인도로 넘어온 지 7일째.

콜카타를 인도 여행의 시작점으로 잡은 이유는 다름 아닌 빈민의 성자로 불리는 '마더 테레사'의 길을 좇아서였다.

인도에서도 빈민이 많기로 유명한 콜카타. 이곳에서 테레사 수녀는 '가난한 자들 중에서 가장 가난한 자'를 돌보는 사랑의 선교회를 만들었다. 가난한 사람, 죽음을 기다리는 사람, 고아와 나병환자들에게 사랑을 베풀며 평생 동안 헌신했다.

당신의 위대한 여정은 어린 시절 나에게 큰 울림이 되었다. 책으로 마주했던 그때 그 감동을 따라, 한의사의 길이 무엇일까 고민하는 지금, 나의 발걸음은 자연스럽게 그곳으로 향하게 되었다.

무엇보다 실제 테레사 수녀가 활동했던 곳에서 자원봉사를 하고 싶었다. 여러 봉사기관 중에서도 가장 먼저 설립된 '죽음을 기다리는 집'(Nirmal Hriday, 보통 깔리가트로 불린다)에서 활동하며 그분의 발자취를 느끼고 싶었다.

깔리가트로 가는 길.

일본인 친구 히로와 함께 길을 나섰다.

히로는 콜카타에서 같은 방에 묵으며 알게 된 친구였다. 오랜 여행으로 서로의 행색이 너무도 볼품없었지만, 처음부터 죽이 맞아 어울리며 이곳저곳을 다녔다. 장난도 많이 쳤다. 얼마 뒤 나는 한의사이고, 히로는 동경대 다닌다는 것을 알고 서로에게 놀랐다. 세상의 잣대대로 한다면, 각자의 자리에서 일상을 꾸려가야 마땅했다.

마더 하우스를 간다는 나의 말에 히로도 자원봉사를 지원하겠다며 따라나섰다.

자원봉사는 아침 일찍 시작되기 때문에 숙소에서 아침 6시에 나왔다. 사랑의 선교회 본부가 있는 마더 하우스에서 아침 기도를 하고, 식빵과 짜이(chai-인도식 밀크티)로 간단한 식사를 한 후, 각 봉사 기관으로 이동했다.

깔리가트는 콜카타의 수호여신 깔리를 모시는 깔리사원 바로 옆에 있었다.

나와 히로의 행색은 초라했다. 하지만 외국인은 돈이 많다고 여기는지, 사원 근처에서부터 갓난아이를 업은 엄마가 우리를 계속 따라왔다. 헤진 옷을 입고, 두 손을 모으고 입을 가리켰다. 자신도 배고프고 아기에게도 먹일 것이 없으니 돈을 달라는 것이었다. 절실한 표정으로 따라왔지만, 나도 히로도 그녀를 외면했다.

인도에 처음 왔을 때만 해도 적은 여행 예산이지만 일부를 떼서 그들에게 나누어 주곤 했다. 그러나 돈을 줄 때마다 끝도 없이 주위에 사람들이 몰려들었다.

한 번은 아기를 안은 엄마가 분유를 사달라고 해서 가게에서 분유를 사준 적이 있었다. 우연히 다시 찾은 그 가게에서 충격적인 장면을 보았다. 아까 그 엄마가 분유를 가게에 다시 팔고 있었다. 가게 주인은 수수료를 떼고 남은 돈을 돌려주었던 것이었다.

혼돈의 연속이었다. 어이가 없기도 했다. 물론 모든 빈민이 그렇지는 않을 것이다. 하지만 다른 여행자에게 들은 얘기로는 아이마저 악용되는 경우가 많다고 했다. 불쌍하게 보이기 위해 아이와 동행하는 것만큼 효과적인 것은 없기에, 심지어 아이들이 유괴되는 일도 있다고 했다.

난 돈을 주는 것보다 몸을 움직여 빈민에게 봉사하는 쪽을 택했다. 마음은 무거웠지만 간절한 눈빛의 엄마를 따돌리고, 묵묵히 앞을 향해 걸었다.

드디어 죽음을 기다리는 집에 도착했다.

테레사 수녀가 콜카타에서 처음으로 봉사활동을 시작했던 곳이었다. 도착 후 간단한 인사를 하고는 바로 현장에 투입되었다. 말보다는 행동이 필요한 곳이었다. 이곳에서 오래 일하고 있는 한국인 수녀님을 따라다니며 봉사를 시작했다.

사랑의 선교회 수녀님들은 복장이 다른 곳과 달랐다. 흰옷을 입고, 인도 전통복장 사리처럼 바깥에 큰 천을 한 번 더 둘렀다. 기본 흰 바탕에 옷을 사선으로 가로지르는 파란색 선이 단정하고 아름다웠다. 마더 테레사가 사용했던 책상을 보면서 마침내 이곳에 왔구나 하는 실감을 했다.

갑자기 정문이 열리며, 한 환자가 들것에 실려 들어왔다.

충혈된 눈, 퀭한 눈동자, 뼈만 앙상하게 남았다. 며칠째 밥도 제대로 못 먹은 듯했다. 일어날 힘도 없어서 가느다란 목소리로 겨우 대답했다. 들것을 든 건장한 청년이 수녀님에게 설명했다.

"에이즈 환자예요. 돌보는 사람도 없이 길거리에서 죽을 날만 기다리고 있었어요."

한국인 수녀님은 간호사이기도 했다. 내 직업이 한의사라는 말을 듣고 자연스럽게 한 팀이 되어 환자를 돌보게 되었다. 감염의 우려가 있기에 마스크와 장갑을 끼고 조심스럽게 정맥을 확보해 수액을 투여했다.

수녀님과 함께 남자 병동을 돌보게 되었다. 죽음을 기다리는 집이란 이름처럼 대부분의 환자 상태가 좋지 않았다.

어제 들어온 환자에게 다가갔다.

"퍼스(pus-고름)찬 거 봐. 여기도 퍼스, 저기도 퍼스."

이미 썩어 문드러진 피부를 절개했다. 악취가 진동했다. 고름을 짜니 끝도 없이 나왔다. 이렇게 많은 고름이 나오는 환자는 처음 보았다.

애써 평정을 찾으려 했지만 인상이 찌그러지는 것을 막을 순 없었다. 하지만 수녀님은 고름을 짜내면서도 미소를 지은 채 환자를 다독였다. 환자에게 집중하는 수녀님의 모습은 너무나 아름다웠다.

깔리가트에서 함께 일하는 자원봉사자는 다섯 명이었다.

아일랜드에서 온 두 사람은 한 달째 이곳에 머무르고 있었다. 한 분은 중년의 남성, 다른 한 분은 60대 여성이었다. 능숙한 솜씨로 환자의 옷을 벗기고, 뒷일을 도와주며, 목욕을 시켰다. 봉사하면서 격식을 차리지 않았다. 처음 이곳에 온 나에게도 자연스럽게, 당연하다는 듯이 곧바로 일을 시켰다.

"미스터 전, 이쪽으로 와서 날 도와줘요. 이 사람이 허리가 안 좋네요."

옷을 벗기자, 악취가 확 풍겨왔다. 부랑자 생활을 한데다 몸이 좋지 않아 몇 달째 목욕을 못 했을 것이다. 아일랜드 아저씨는 악취를 전혀 아랑곳하지 않고 웃으면서 환자의 몸을 씻겼다. 환자는 연신 단야밧(힌두어로 감사합니다)을 되뇌이며, 두 손을 합장하고 인사를 했다.

점심 시간. 목욕을 끝낸 후 해야 할 일은 배식이었다. 식사는 내용물이 거의 없는 단순한 카레와 짜파티(밀가루로 만든 얇은 빵, 인도인의 주식)가 전부였다. 하지만 가난하고 병든 자들에겐 천국의 식사이리라.

많은 환자들은 옆에서 도와줘야 식사가 가능했다. 그나마 상태가 나은 사람은 오랜만에 먹는 공짜 식사를 허겁지겁 먹고, 연신 '바니(물)'를 외치며 짜파티를 더 달라고 했다.

그러던 중 건너편 환자를 흰 천으로 덮는 모습이 눈에 들어왔다. 수녀님은 사망한 환자 앞에서 조용히 안식을 기원하는 기도를 드렸다.

많은 환자들은 옆 사람이 죽어감에도 전혀 동요하지 않은 채 식사에 집중하고 있었다. 이들에게 죽음은 일상처럼 보였다.

남자 병동의 환자는 대략 40명. 가족이나 사회에서 소외되어 갈 곳이 없는 부랑자가 대부분이었다. 또한 임종을 앞둔 중환자들이었다.

나는 하루에도 여러 명의 환자들이 죽는 광경을 목격했다. 여기선 마지막 가는 길에 인간다운 진료와 인간다운 대접을 해주었다. 호스피스란 바로 이런 것이었고, 환자들 대부분은 온화한 표정을 지으며 세상을 떠났다.

자원봉사자 일정은 환자들의 점심 식사까지 도와주고 마무리되었다. 이후 간단한 식사를 위해 예배당이 있는 3층으로 올라갔다. 마더 테레사가 매일 기도하던, 바로 그곳이었다.

식사를 하며 한국인 수녀님께 이것저것 물어 보았다.

수녀님은 말을 아꼈다. 환자들 앞에선 이런저런 얘기를 많이 하셨지만 자원봉사자에게는 그저 미소로 대할 뿐이었다. 수녀님에겐 오래 머무르지 않는 사람의 단순한 호기심이 중요하지 않았을 것이다. 나 또한 긴 여행을 통해 어느 순간부터 침묵의 의미를 이해하기 시작했다.

에이즈 환자에게 주사를 하고, 악취가 진동하는 고름을 짜내던 수녀님의 모습을 보면서, 하느님이 세상에 내려온다면 저런 모습이 아닐까 하는 생각을 했다.

몇 달 먼저 이곳에서 자원봉사를 시작한 선배들의 평온한 얼굴을 보면서, 사람이 얼마나 아름답고 위대해질 수 있는지 조금씩 알 것 같았다.

테레사 수녀의 길을 좇아서

"내일 뭐하세요? 티타가르(Titagarh)에 가 볼래요?"

수녀님의 물음이었다.

3층 예배당에서 기도를 한 뒤, 허기진 배를 채우려 짜이(인도식 밀크티)와 바나나를 먹고 있을 때였다. 죽음을 기다리는 집(Nirmal Hriday)에서 며칠을 함께 보내며, 처음 올 때와는 달리 수녀님과도 제법 대화를 나누게 되었다.

"티타가르는 나병환자들이 있는 곳이에요. 누구나 갈 수 있는 곳은 아니죠. 자원봉사하는 분들에게 매달 첫째, 셋째 목요일에 기회가 있어요. 미스터 전은 직업도 한의사이니 좋은 기회가 될 거예요."

"네, 꼭 가고 싶어요."

나는 눈을 반짝이며 수녀님께 대답했다.

"물론 일반인들이 일부러 갈 것까지는 없겠죠."

수녀님도 살짝 미소를 지었다. 예전에 소록도에 갔다가 실제 환자들은 보지 못하고 돌아온 적이 있었다. 이번엔 자원봉사자로서, 나아가 의료인으로서 실제 나병환자를 만나고 싶었다.

티타가르는 콜카타 외곽에 위치해 있었다. 씨알다(Sealdah)라는 역에서 일곱 정거장을 더 들어가야 했다. 인도의 기차는 늘 사람들로 가득했다. 자리가 없어 기차 문에 매달려서 가는 사람, 이미 자리를 잡았는데도 아무렇지 않게 중간에 끼어드는 사람……. 이리저리 함부로 떠밀리고 소음에 시달리다 보면, 인도에서 처음 기차를 타는 사람들은 혼쭐이 나기 일쑤였다.

나와 히로, 그리고 자원봉사를 하는 몇 명이 티타가르에 가기 위해 기차를 탔다. 옆에 있던 서양인 여성은 인도 현지인이 손장난을 쳤는지 불쾌한 표정을 지으며 건드리지 말라고 언성을 높였다. 히로와 나는 좌석에서 일어나 그녀를 자리에 앉게 했다. 30여 분의 거리였지만 타고 내리는 사람들이 많아 기차는 연착이 되었다.

티타가르가 가까워지자 소똥을 빈대떡처럼 펼쳐 담벼락에 더덕더덕 붙인 광경이 보이기 시작했다. 소똥을 말려 연료로 쓰려는 것이었다. 한국에선 상상하기 어려운 모습이었다. 그러나 지저분해 보여도 화석연료보다 한결 친환경적인 선택이었다.

드디어 도착했다. 자발적으로 왔지만 막상 나환자들이 있는 공간에 들어오니 긴장이 되었다. 수녀님은 우리보다 앞서 길을 가며 이곳저곳을 소개해 주었다.

사리와 옷을 만드는 직조실이 있었고, 환자들이 거주하고 치료받는 공간이 있었다. 많은 환자들은 외적으로 보기에 특별히 이상이 없어 보였다. 병상도 깨끗하고, 환자들 공간도 청결히 관리가 잘 되고 있었다. 거주 공간 또한 나병환자촌이라는 선입견 없이 바라본다면, 보통 사람들이 사는 공간과 똑같았다. 오히려 인도의 다른 곳보다 깨끗하게 관리되고 있었다. 사랑의 선교회 수녀님들의 부단한 노력을 짐작할 수 있었다. 마스크를 쓰고 나병환자를 드레싱하는 수녀님과 시선이 마주쳤다. 수녀님은 미소를 지으며 눈인사를 했다.

증상이 심한 환자들도 몇몇 보였다. 손가락과 발가락이 없고, 얼굴에 붕대를 한 상태였다.

수녀님이 지나가자 그들은 마치 가족을 만난 듯 얼굴에 두 손을 모으고 "나마스테" "단야밧"하며 인사를 했다. 수녀님 또한 너무나 자연스럽게 그들과 악수하고 가볍게 포옹을 했다. 환자들은 마치 엄마에게 안긴 듯 평온한 모습이었다.

히로는 느낀 바가 있었는지, 환자에게 악수를 청하며 수녀님처럼 그들을 안아주었다. 나도 악수하려는 순간, 갑자기 누군가 뒷덜미를 잡아채는 듯해 머뭇거렸다.

의학적으로는 전염될 확률이 5퍼센트 미만이고, 접촉으론 거의 전염이 되지 않는다. 호흡기로 전염된다는 설이 있으나 아직 확인된 바는 아니다. 의학 지식이 머릿속을 스쳐 지나가며, 5퍼센트 미만의 확률이지만 그 확률로 전염될 수 있지 않을까 하는 의심과 두려움이 들기 시작했다.

가슴으로는 그들과 손을 잡고 싶었다. 하지만 '혹시 만에 하나 감염이 되면, 저들처럼 격리된 채 치료받아야 해'라는 얄팍한 속셈이 가슴의 움직임을 가로막고 있었다.

히로의 얼굴에 평상시 장난기는 어느새 사라졌고, 사뭇 진지한 태도를 보였다. 곧 한 발자국 더 나아갔다.

하지만 나는 그 자리에 멈춘 채였다.

'이 고비를 넘겨야 해. 진짜 한의사가 되려면 저 손을 잡아야 해. 수녀님을 따라 저들의 손을 잡아! 하지만 만일에 감염이 되면…….'

이런 양가감정이 계속해서 나를 옭아맸다.

어제 에이즈환자들의 치료도 함께 도왔다. 하지만 어째서 나병환자의 손은 잡지 못 하는 것일까. 어릴 때 보았던 책과 영화의 기억이 너무 강렬한 탓일까. 이런저런 고민을 하면서 나는 머뭇거렸다. 겉으론 미소를 짓고 합장하며 그들에게 '나마스테'라고 말하고 있었지만, 속으로는 엄연히 그들과 거리를 두고 있었다.

나의 이중성을 확인하며, 나는 몸서리쳤다.

나병환자를 주저 없이 안아주는 저 수녀님에 비해 스스로가 너무나 왜소했다.

마더 테레사의 길을 좇아서 여기까지 왔다. 그리고 지금 그분의 발자취를 생생하게 보고 있다. 하지만 난 발걸음을 멈춘 채, 두려움에 망설이고 있었다.

티타가르에서 돌아오는 길, 기차 안은 아침처럼 여전히 붐볐다.

붙임성 좋은 인도 사람들은 낯선 외국인에게 호기심을 보이며 이것저것 물어보았다. 여느 때와 달리 난 생각에 잠겼다. 입을 굳게 다문 채, 차창 밖을 물끄러미 바라보았다.

자원봉사자들도 각자 생각에 젖어 있었다. 콜카타에 온 이래 함께 의기투합하며 다녔던 히로만은 나의 괴로움을 눈치챘는지 머뭇거리다가 말을 걸었다.

"오늘 밤 킹피셔(인도 맥주의 한 종류) 한잔 할까?"

난 고개를 저었다. 히로는 그래도 밥은 먹어야 한다며, 마리아 게스트하우스 앞 거리식당 '띠루파티'에 데려가 김치볶음밥을 시켰다. 이제 만난 지 보름밖에 안 되었다. 그러나 마치 오래 사귄 친구처럼 느껴졌다. 늘 장난기 많았던 친구였는데, 오늘은 그의 다른 모습을 보았다.

그날 밤은 길었다. 잠이 오지 않았다.

미래의 나의 길, 한의사로서의 길을 간절히 물으며 먼 여행을 떠나왔다. 테레사수녀님은 횃불을 밝히고, 나의 길을 따라오라고 손짓했다. 하지만 오늘 나는 어설픈 지식으로 나병환자 앞에서 망설이기만 했다.

손을 뻗었더라면…….

그들의 손을 잡았더라면…….

그리고 2년여의 시간이 흘렀다.

그날의 괴로움은 가끔 오래된 상처처럼 떠올랐다. 그러나 한의원을 개원한 뒤 바쁜 일상을 보내느라 아무렇지 않은 듯 살아갔다.

당시 나는 동네 헬스클럽을 다니고 있었다. 목욕탕과 찜질방을 함께 하는 곳이었다. 아침 운동을 끝내고 근육의 기분 좋은 뻐근함을 느끼며 탕 속에 들어갔다. 순간 주변이 소란스러웠다. 목욕탕 직원이 분주히 움직였고, 직원들끼리 소곤댔다.

"아이참, 술 먹고 거기서 잤나 봐. 하필이면 왜 여기서 그런 거야."

"일단 찜질방 쪽 손님들은 나가게 했지? 119에 전화해야 할까? 경찰은 불렀어?"

나른하고 피곤한 상태였지만, 순간 사고임을 직감했다. 119 이야기가 나오는 걸로 보아 환자가 있는 것으로 짐작되었다. 옷을 대충 입고 바로 찜질방 쪽으로 달려갔다. 사장으로 보이는 사람이 이글루처럼 생긴 한증막 앞에서 당황한 낯으로 전화를 하고 있었다.

누군가 있다는 생각에 한증막 안으로 들어갔다.

술 냄새를 풍기며, 마른 체구의 중년 남성이 누워 있었다. 입을 벌리고 고통스러운 눈빛을 하고 있었다. 경동맥을 확인하고, 숨을 체크했다. 하지만 맥도, 숨도 이미 끊어져 있었다. 헝클어진 머리, 덥수룩한 턱수염과 찌든 술 냄새에 누런 피부 색깔. 꽤 오랜 기간 술로 괴로운 삶을 살았음을 보여주고 있었다.

나는 먼저 부릅뜨고 있는 눈을 덮어 주었다.

"선생님, 저 사람은 아마 조선족이었던 거 같아요. 어제 새벽에 술을 진탕 마시고 들어왔어요. 북한 말투를 쓰며 다짜고짜 소리를 질러댔어요. 저런 손님은 애초에 입장시켜선 안 되었는데……. 아이고, 이게 뭔 일이래. 이러다 손님 다 끊기겠네."

사장은 나에게 하소연을 늘어놓았다. 술 취한 손님을 방치한 것에 대한 반성보다 자신의 업소에서 사고가 났다며 투덜거릴 뿐이었다.

하지만 방금 세상을 떠난 망자 앞이었다. 사장의 짐작이 맞다면 돈을 벌기 위해 한국에 왔다가 가족도 없이 외로운 나날을 술로 보냈으리라. 그리고 지켜보는 사람도 없이 저세상으로 갔을 것이다. 그리고 죽음 이후에도 슬퍼하는 이도 없이 걸리적거리는 시체를 치우는 일에 머리 아파하는 사람들에게 둘러싸여 있었다.

난 2년 전 인도 콜카타의 기억이 떠올랐다.

죽음을 기다리는 집에서 생의 마지막 순간을 인간다운 대우를 받으며 수녀님의 기도 속에서 세상을 하직하던 사람들. 고통스런 삶을 살다가 오랫동안 느끼지 못했던 평안이라는 마지막 선물을 받은 사람들.

한편 티타가르에서 있었던 괴로운 기억이 떠올랐다.

끝내 나병환자의 손을 잡지 못했던 나약했던 나의 모습.

의료인의 명찰을 달고 있을 뿐 행동하지 못한 부끄러웠던 과거의 모습.

"선생님 뭐하세요? 지금 뭐하는 거에요? 이미 죽었어요."

사장이 경악을 하며 소리쳤다. 목욕탕 직원은 나의 팔을 잡으려다가 멈칫하며 뒤로 물러났다.

난 이름 모를 망자에게 입을 대고 인공호흡을 시작했다. 술 냄새가 확 풍겨왔다. 아직 완전히 경직되진 않았고, 몸에는 온기가 남아 있었다. 떠난 지 얼마 되지 않았다. 그리고 가슴을 누르며 심장마사지를 했다.

'하나 둘 셋 넷…….'

몇 번을 한 뒤 망자를 위해 기도를 시작했다.

저 세상에서는 내내 평안하시기를.

그리고 마지막 가는 순간 그대 혼자가 아니었음으로 위로를 받으소서.

갑작스런 귀국

새벽부터 쉴 새 없이 전화기가 울리고 있었다.

발신자는 부모님이었다. 괴로웠지만 전원을 꺼 버렸다. 전화를 받아도 막상 할 말이 없었다. 부모님의 말씀은 늘 한결같았다. 여행을 멈추고 귀국하라.

나는 아직 이 여행을 멈출 생각이 없었다.

좋은 아들이고 싶었다. 그렇다고 바보같이 따르기만 하는 아들이 되기는 싫었다. 좀 괴롭긴 하지만 마음속 깊은 곳에서 가리키는 방향으로 길을 가고 싶었다.

부원장 생활을 마치고, 난 극심한 혼돈을 겪었다. 대부분은 바로 개원을 하기 마련이었다. 부모님이 원하시는 바였고, 세상이 가르쳐 주는 순리였다.

나는 환자를 진료할 준비되었을까 하는 의문을 갖기 시작했고, 그 의문은 주역 공부를 하면서 더욱 커졌다. 세상 구석구석 사람들을 만나고 어려운 일을 부딪혀 보며 나를 돌아보고 싶었다. 그래서 배낭 하나 메고 먼 여행을 떠나왔다.

새벽 전화벨 소리에 깼다가, 불편한 감정에 뒤섞여 깨다 잠들기를 반복했다. 아침 10시가 되어서야 비로소 일어나 창밖을 바라보았다.

오랜만에 카트만두 하늘이 맑게 개었다. 흔치 않은 날이었다. 분지 지형인데다 대기 오염이 워낙 심해 건기의 맑은 날에만 가끔씩 설산을 볼 수 있었다. 설산은 구름 위에 무엇인가 떠 있는 듯한 몽환적인 모습으로 보였다. 히말라야를 눈에 담자, 가슴이 먼저 쿵쿵거리며 반응하고 있었다.

난 이런 것을 원했던 거야. 네팔에 오길 잘했어.

안나푸르나 라운딩은 나의 오랜 소원이었다.

안나푸르나가 보고 싶어, 1년만에 네팔에 다시 돌아왔다. 작년 1월에 했던 ABC(안나푸르나 베이스캠프, 4130m)는 고산증을 이겨내고, 나의 한계를 시험했던 뜻깊은 산행이었다. 고개를 넘을 때마다 벅차게 나타났던 안나푸르나 남봉의 모습은 가슴 깊이 아로새겨졌다. 밤에 쏟아지는 별빛은 어떠한가. 또 달무리를 보았던 순간은 얼마나 가슴이 뛰었던가.

그후로 안나푸르나를 꿈꾸며 사랑앓이를 했다. 여행자들을 통해 한 달에 걸쳐 안나푸르나를 한 바퀴 도는 코스가 있다는 소리를 들었다. 그때 다짐했다. 반드시 이곳에 다시 오리라.

네팔짱은 카트만두에 있는 한국 배낭여행자 아지트였다.

지난 봄에도 이곳에 묵었었다. 난방도 안 되고 녹슨 물이 나오지만, 산을 좋아하는 사람들이 모여 만들어내는 특유의 산사람 냄새가 가득해 이번 네팔 방문에도 자석에 끌리듯 숙소로 선택했다.

"어서 오세요."

주인장은 큰 소리로 넉살 좋은 인사를 했다.

"반갑습니다. 일 년만에 다시 왔어요."

주인장이 날 기억해주기를 기대했지만, 오히려 네팔 사람인 줄 알았다며 농담을 던졌다. 우리는 산에 관한 얘기를 하고, 안나푸르나 라운딩 계획을 세우기 시작했다.

포터 비용이 1년 전보다 조금 올랐다. 좋은 포터를 구해야 할 텐데, 혼자 떠나는 길이라 궁합 맞는 포터라면 훨씬 길이 편하리라. 하지만 어떤 사람이 나와 동행할지는 아직 알 수 없었다.

안나푸르나 산행은 이틀 뒤로 예정되었다. 오랫동안 고대했던 산행을 떠날 생각에, 거리를 걷는 나의 발걸음은 너무나 가벼웠다.

네팔짱 앞 골목길.

길에서 파는 모모를 먼저 먹었다. 만두피가 약간 두껍긴 하지만, 이국적인 향신료 맛과 어울려 따끈한 만두는 여행자의 배를 든든히 채워 주었다. 거기에 밀크티 한 잔이면, 세상을 다 가진 것 같은 충만함을 느끼게 했다.

나의 전생은 히말라야 자락, 티벳 어디쯤에서 살지 않았을까?

종종 엉뚱한 의문에 사로잡히곤 했다. 히말라야를 바라볼 때면 그냥 이 순간에 머무르고 싶다는 생각이 들었다. 아침에 집에서 걸려오는 전화를 끄고, 잠시 괴로웠던 번뇌를 까마득히 잊고 있었다.

산행 정보를 모아야 했기에 숙소 앞에 있는 PC방으로 걸음을 옮겼다. 한국인이 워낙 많은 곳이라 컴퓨터에서 한글을 쓸 수 있었다. 한국에 비해 속도는 많이 느렸지만, 인터넷에 접속할 수 있는 것만으로도 감사했다.

여느 때처럼 한국 뉴스를 먼저 살펴 보았다. 이명박 대통령이 당선된 직후였다. 영어교육 강화에 대한 기사, 경부 대운하에 대한 기사도 있었다. 문경 쪽으로 물길을 뚫을 계획이란다. 이런저런 뉴스를 보다 마지막으로 메일함을 열어보았다.

별다른 것이 없던 나의 메일에 익숙한 이름 석자가 나타났다. 누나가 보낸 메일이 보였다. 평상시 누나와 메일 교환한 적이 없었다. 무슨 일이지?

재규야. 여행 중 몸은 괜찮니?

너도 이제 성인이니, 네가 다니는 걸 내가 어떻게 막겠니.

하지만 네가 부모님의 아들인 것을 잊지는 마라.

아버지가 너의 행방을 모른다고, 국정원 다닌다는 지인에게 연락해 출입국 기록까지 조사했다 하더라. 연세도 많으신데, 그렇게 걱정 끼쳐서야 되겠니?

그리고 아버지가 몸이 안 좋아. 얼마 전 중풍이 재발했어. 바로 응급실로 들어가서 치료를 받았지만 후유증이 남아서 지금 계속 병원에 계셔. 너와 연락이 안 된다고 걱정이 많으시다. 아버지가 편찮으신데도, 그보다 여행이 중요하니?

메일을 보는 순간, 눈물이 주르륵 흘렀다.

아버지가 편찮으시다는 이야기에 가슴이 찢어지는 것 같았다. 아버지가 나와 연락이 안 되어, 얼마나 노심초사하셨을까. 누나가 결혼했을 때, 누나가 쓰던 방에서 딸 사진을 보며 오랫동안 멍하니 계셨던 아버지의 모습이 떠올랐다.

식사는 잘하고 계실까? 아들 걱정에 밥도 안 넘어가는 거 아닐까? 이 못난 아들이 아버지에겐 자랑이셨는데…….

주체할 수 없이 떠오르는 아버지의 단상들에 난 결국 눈물을 흘렸다. 네팔, 먼 이국의 작은 PC방 모니터 앞에서 난 고개를 파묻은 채 어깨를 들먹이며 울고 또 울었다.

얼마나 지났을까, 나는 전화기를 들었다. 전화는 어머니가 받으셨다. 의외로 담담하셨다.

"아버지는 괜찮으세요? 누나에게 얘기 들었어요. 저 돌아갈게요."

"어서 돌아오거라. 아버지가 염려가 많으시다."

"비행기표 구해 최대한 빨리 돌아갈게요. 걱정 끼쳐 드려 죄송합니다."

여행자 거리에서 그날 밤 돌아가는 비행기 티켓을 구했다. 밤 11시에 홍콩을 경유하는 드레곤에어 좌석이 남아 있었다.

그래, 어차피 언젠가는 돌아가야 하는 것. 여행이 아버지 병환보다 중요하진 않았다. 안나푸르나 산행은 나중에 다시 와서 하면 된다.

이젠 돌아가자. 그리고 한의원을 개원하자. 그래서 아버지를 위로해 드려야겠다.

공항으로 가는 길, 택시를 타고 가다가 길거리에서 구걸하는 아이를 보았다.

난 택시에서 내려 입고 있던 파카를 벗어 주었다. 여행 초반 중국 우루무치에서 샀던 파카였다. 긴 배낭여행 기간 동안 추위를 막아준 동반자였다. 하지만 여행자는 물건에 집착하지 않는 법. 나보다 이 물건이 필요할 이 나라의 가난한 이에게 건네주었다.

귀국행 비행기에 올랐다. 카트만두의 불빛이 아득히 멀어지고 있었다.

See you again.

귀국 그리고 개원

드디어 인천공항. 모든 것이 낯설면서도 친숙했다.

난 어깨에 닿는 긴 머리에 덥수룩한 턱수염을 하고 있었다. 자유로운 영혼의 상징이기도 했기에 오랫동안 깎지 않았다. 하지만 이 모습을 아버지가 받아들이긴 어려울 것이다. 중풍이 재발한 아버지에게 또 다른 충격을 주고 싶진 않았다.

공항에서 바로 면도부터 했다. 머리를 깎을 시간은 없었다. 곧장 문경에 내려가야 했기 때문이었다. 엑셀을 밟고 또 밟았다. 내려가는 길은 비장하기도 했고, 또한 부모님께 면목이 없어 겁이 나기도 했다.

무작정 인천항을 떠난 지 6개월이 흘렀다.

처음에는 부모님께 연락했다. 그러나 잔소리 듣는 것에 지쳐 전화기를 꺼버렸다.

아버지에게 어떤 말부터 꺼내야 할지 머릿속이 복잡했다. 진땀이 흘렀다. 차는 어느덧 문경터널을 지나가고 있었다. 답답한 마음에 창문을 열었다. 2월의 차가운 밤공기가 밀려 들어왔다.

아버지는 병원에 입원한 게 아니라 집에 계셨다.

내가 방으로 들어서자 아버지는 옆으로 자세를 틀어 앉으셨다. 나의 인사를 받지 않으셨다. 눈도 마주치지 않으려 하셨다. 나 역시 어떤 말부터 할지 말문이 막혔다.

아버지의 고뇌가, 어머니의 고통이 얼마나 컸을까.

두 분의 사랑이 얼마나 깊은지 잘 알고 있었다. 그리고 그 사랑이 염려가 되었을 때, 그 고통은 이루 말할 수 없으리라.

침묵의 시간이 흘러가고 있었다. 보다 못한 어머니가 먼저 말을 꺼내셨다.

“밥은 먹었냐? 일단 밥부터 먹자.”

아버지가 그제서야 폭발하셨다.

“당신은 아들이 뭐가 예쁘다고 밥을 먹이오? 얘가 밥을 먹든 말든, 잠을 자든 말든 상관하지 말아요.”

아버지의 분노에 집안 공기가 흔들리는 느낌이었다.

“그래도 밥은 먹여야…….”

“다 키워놓으니까 그냥 제 하고 싶은 대로 혼자 살겠다는 거 아니오? 얘는 나랑 당신에 대한 생각 자체가 없어. 헛 키웠어, 헛 키웠다고.”

고통의 포효였다. 아들의 부재, 그리고 기대에서 엇나간 아들의 행동이 당신에게는 폐부를 찌르는 상처였으리라.

중풍이 재발했다는 연락은 아버지가 꺼내든 고육지책이었다. 먼 타국에 있는 아들의 생사조차 확인이 안 되는 상황에서 다른 방법이 없었다. 아들을 돌아오게 하기 위해 누나를 통해 메일을 보낸 것이었다.

이런 아버지의 고육지책에 항의하거나 화낼 상황은 전혀 아니었다. 내 마음의 방향을 따라 살겠다는 강한 의지가 있었지만, 부모님의 큰 고통 앞에선 나도 고개를 숙일 수밖에 없었다. 이제 개원하고, 결혼하여 가정을 이루길 바라는 부모님께 그저 죄송스런 마음뿐이었다.

마침 작년 초에 계약했던 동탄 나루마을의 상가가 올해 1월에 완공되었다. 내 명의로 담보대출이 있었다. 내가 동탄에서 개원하든지, 다른 사람에게 세를 주든지 결정을 해야 하는 상황이었다. 마이너스 통장에 대출이자를 연결해둔 상황이었는데, 몇 개월 사이에 이미 많은 돈이 빠져나갔다.

자유로운 영혼이 되고 싶었지만 현실은 냉정했다. 난 돈을 벌어야만 했다.

당신 스스로 40년을 일군 한약방, 아버지의 성실함으로 영창당한약방은 고향에서 굳건히 자리를 잡았다. 주위 분들은 아들이 아버지의 자리를 물려받을 것을 의심하지 않았다. 하지만 아들은 고향을 떠나고 싶어 했다. 그런 아들을 아버지는 묵묵히 지지해 주었다.

그런 아버지였다.

당신은 내가 재수해서 떨어졌을 때도 한의대 가지 않아도 된다고, 그냥 하고 싶은 거 하라며 어깨의 짐을 덜어주셨다. 입학 후 여자친구와 헤어져 풀죽은 모습으로 고향에 왔을 때도 술 한잔하자며 손을 이끌고 어깨를 두드려 주셨다.

아버지는 세상을 살아가려면 밥벌이는 해야 하는데, 고향에는 별 뜻이 없는 아들을 위해 미리 계획해 두었다. 주변 친구분에게 좋은 개원 자리를 소개받아 동탄 상가를 계약한 것이었다.

그래, 돌이켜보면 아버지는 늘 나의 편이었구나. 변함없이 나의 편이었어.

나의 선택은 동탄에서의 개원이었다. 이후는 숨가쁘게 상황이 돌아갔다.

개원 준비는 쉽지 않았다. 은행을 다니며 대출 문의를 했고, 진료 방향을 잡아야 했고, 인테리어 업체를 만나야 했다. 먼저 개원한 선배 한의원을 참관도 했고, 교수님을 찾아가 자문을 구하기도 했다.

준비할수록 자신감이 없어졌다. 나의 준비는 충분치 않았다. 한의학에 대한 공부에 열중했고 환자를 잘 돌볼 의지와 패기도 있었다.

막상 세부적인 면은 부족했다. 신도시에 먼저 개원한 병원을 둘러볼 때마다 화려함에 주눅이 들었다.

개원이란 것이 단순히 진료만 준비하는 것이 아니었다. 행정적인 것, 직원 관리, 자금 관리 등 신경써야 할 일이 산더미 같았다.

개원일을 5월 10일로 정했다.

개원을 앞두고 현실적인 장애들과 맞서야 했다. 하나가 해결된 듯 하면 어느새 새로운 문제가 나를 기다리고 있었다. 또한 꼬박꼬박 지불해야 하는 대출이자도 나를 옥죄어 왔다.

하지만 부모님을 더이상 괴롭게 할 수는 없었다.

개원 후 6개월이 지났을 때였다.

경제적으로 힘겨운 시기였다. 그해 겨울 배낭여행 때 만난 여자친구와 결혼을 결심했고, 아버지에게 인사를 하러 갔다.

"왜 결혼식을 안 해?"

형식적인 것은 무의미하며 조촐하게 신혼을 시작하고 싶다고 핑계를 둘러댔다. 그러나 아버지는 물러서지 않았다. 결국 지금 상황을 실토할 수밖에 없었다.

"실은 돈이 없습니다. 개원할 때 대출을 많이 받았고, 초반에 운영비로 또 많은 돈을 썼습니다."

고개 숙인 채 대답했다.

"내 말을 안 듣고, 한의원을 너무 크게 차렸어. 기천문도장도 너무 성급했다. 천천히 하면 될 것을……."

아버지의 목소리가 커졌다. 지난 달에 암진단을 받고, 최근 간을 절제하는 큰 수술을 받은 아버지에게 너무 큰 걱정을 끼쳐 드리고 있었다.

"너도 성인이니까 행동에 책임은 져야 한다. 나도 늙어서 도와줄 여력이 없으니, 신혼집은 지금 사는 월세집에서 시작하거라. 결혼은 양가가 맺어지는 거니까 결혼식은 해야 한다."

아버지의 말씀은 다 이치에 맞는 것이었다.

결혼식을 치룬 뒤 몇 개월만에 아버지의 건강은 눈에 띄게 나빠졌다. 암이 악화되며 생명의 불꽃이 사그라드는 순간까지도 아들을 염려했다. 겉으로는 여전히 엄격한 모습이었지만.

****

아버지는 힘겹게 베드에서 몸을 일으켰다.

밭은기침을 하고는, 가래를 길게 뱉었다. 퀭한 눈으로 먼 곳을 바라보다가 다시금 걱정스런 눈빛으로 나에게 말씀하셨다.

"병원은 잘 되냐?"

"작년보단 나아요. 환자도 더 늘구요. 이젠 멀리서도 종종 오세요."

"시작할 때 빚이 많으면 힘든데, 걱정이다."

"아버지, 걱정 끼쳐드려 죄송합니다."

"나도 늙고 병들어 경제적으로 널 도와줄 수 없구나. 너에게 줄 건 나의 경험과 지식밖에 없다."

창밖에는 흰눈이 내리고 있었다.

가을의 끝자락에 이곳에 왔었는데, 1월도 벌써 하순에 접어들고 있었다.

당신의 몸은 하나씩 무너지고 있었다. 통증이 극심해 진통제로 겨우 버티고 있었다. 게다가 며칠 전부터 폐 기능마저 떨어졌다. 간, 담, 위장의 기능은 이미 돌이킬 수 없을 정도로 나빠졌다. 폐렴까지 진행된다면 더이상 기적을 기대하긴 어려웠다.

당신도 나도 다가오는 이별을 예감하고 있었다.

우리에겐 남아 있는 시간이 별로 없었다. 부자지간의 문답은 계속되었다.

"아버지, 오늘은 소아 한약을 공부해요. 딸아이가 5개월 되었는데 감기를 자주 앓네요."

"보통 돌 지나면 약을 쓰지만, 아이가 자주 아프면 그 전에도 약을 쓸 수 있다. 그래도 위장 기능과 폐 기능이 함께 안 좋은 경우가 많으니, 귀룡탕(歸茸湯)을 제일 먼저 고려해 봐라."

"황기를 증량하고, 맛이 좋게 꿀로 볶는 건 어떨까요?"

"귀룡탕엔 밀구(蜜灸)를 많이 하긴 하지만, 아이가 돌 전이라면 꿀은 조심해서 써야 한다."

대화의 시간은 점점 짧아져 갔다. 아버지의 병세가 점차 위중해졌기 때문이다. 하지만 간절함은 갈수록 더해갔다.

난 당신이 쌓아올린 수십 년의 경험을 끊임없이 얻으려 했다.

그리고 당신은 기꺼이 마지막 불꽃을 아들을 위해 태우셨다.

대를 이은 의업.

그것은 당신이 나에게 남긴 위대한 유산이었다.

Chapter 4

•

나를 뛰어넘어라

사랑하는 아버지, 어머니께 고(告)합니다.

당신의 어리석은 아들이 이제 세상에 나가려 합니다.

오직 질병을 고치겠다는 마음만 갖고 나아가겠습니다.

보잘것없고, 속 썩인 저를

이 자리에 설 수 있게 해주신 아버지, 어머니.

큰절을 올리며,

존경과 감사를 이 출사표에 갈음합니다.

난 나의 약장이, 넌 너의 약장이 있다

아버지는 요즘 마음이 심란한 듯했다.

개원을 하면, 오랜 세월 당신이 쓰던 한약장을 물려주겠다고 했다. 나는 아버지의 한약장을 영광스레 받아들일 준비를 하고 있었다. 그런데 오늘 다른 말씀을 하셨다.

"나도 내 약장을 써야지, 대신 새로 약장을 사 주마."

아쉬웠다. 당신의 상호 '영창당'을 한의원 이름으로 쓰고 싶었건만 좌절되었다. 그 대신 당신의 약장만큼은 개원할 한의원에 꼭 들이고 싶었다. 세월이 켜켜이 쌓인 아버지의 체온을 가까이서 느끼고 싶었다. 그래서 새로 사준다는 약장을 마다하고 당신의 손때가 묻은 약장을 받고자 했다.

아버지는 아들이 개원하면 은퇴해 어머니랑 여행이나 다니겠노라 누누이 말씀하셨었다. 그러나 막상 그 시간이 다가오자 아쉬움이 남은 듯했다.

"이거를 좀 봐라."

약장을 새로 사라는 말에 실망하는 나에게 아버지가 달력 종이를 건넸다.

달력 뒷면에 무언가를 잔뜩 적어 놓았다. 자세히 보니 아버지가 손글씨로 약장 모양을 그린 후 일일이 약재 이름을 적어 놓았다.

보는 순간 가슴이 떨렸다. 노안으로 돋보기를 쓰고 오랜 시간 고민했을 아버지의 모습이 떠올랐기 때문이다. 요즘처럼 워드로 도표를 그린 것이 아니었다. 일일이 자로 긋고, 약장 모양으로 칸을 만들었다.

"내가 그동안 약장 쓰면서 좀 불편했던 위치를 바꾸어 보았다. 내 생각엔 이렇게 약재 배치를 하면 조제하기에 수월할 거다. 잘 살펴보고 바꾸고 싶은 건 수정하렴."

아버지의 모습을 바라보았다. 최근 들어 부쩍 나이 들어 보였다. 머리카락은 성글어졌고, 얼굴에 주름이 잔뜩 잡혀 있었다. 이젠 할아버지란 이름이 더 어울리는 모습이었다. 하지만 나는 변함없는 아버지의 따뜻한 부정을 느꼈다.

감사하다는 표현 대신 우리만의 방식으로 아버지에게 다가갔다.

"아버지, 약재 배치를 왜 이렇게 해야 하죠?"

다소 도발적인 나의 질문에 아버지도 흥미를 느낀 듯했다.

"예끼, 이 녀석아! 이거 그리느라 며칠을 고생했다. 상중하 3단으로 되어 있지 않느냐. 하단에는 제일 많이 쓰는 약재를 배치한 거야. 아, 이렇게 설명할 게 아니다. 너 좀 시험을 봐야겠다. 사군자탕(四君子湯)이랑 사물탕(四物湯) 처방 구성이 어떻게 되냐? 그리고 설명도 해 봐라."

어느 순간 시험이 시작되었다.

"이건 쉽죠. 사군자는 주로 기(氣)를 보태는 약이고요. 남자 약의 기본입니다. 인삼, 백출, 복령, 감초로 구성되어 있습니다. 사물은 혈(血)을 보태는 약이고, 부인과 약의 기본입니다. 당귀, 천궁, 작약, 숙지황입니다."

"옳거니, 이걸 모르면 안 되지. 그럼 육군자(六君子)와 향사육군자(香砂六君子)는 어떻게 되냐?"

순간 1초 정도 머뭇거렸다. 바로 아버지의 호통이 떨어졌다.

"기본 처방 50개 정도는 물으면 바로 나와야 해. 머릿속에서 생각하고 나오는 건 아직 네 것이 아니다."

아버지의 호통은 성인이 된 지금도 무서웠다. 나는 약간 주눅이 든 목소리로 대답했다.

"사군자탕에 황기와 진피를 더하면 육군자이고, 향사 육군자는 여기에 향부자와 사인을 더한 것입니다."

"소도지제(疏導)는? 그리고 교미지제(矯味)는 무엇이냐?"

"소도지제는 소통시키는 약재로 소화제 계열입니다. 사인(砂仁),

백두구(白荳蔻), 익지인(益智仁), 신곡(神曲), 맥아(麥芽), 산사(山査) 등이 있습니다. 교미지제는 입맛을 돋우는 약재로 소도지제와 비슷한 계열이 됩니다."

아버지가 살짝 미소를 지으셨다. 하지만 칭찬 대신 바로 다음 질문을 했다.

"이진탕(二陳湯)과 거담지제(祛痰:담을 치는 것)를 설명해 봐라."

"이진탕은 담을 치는 대표적인 처방입니다. 반하, 복령, 진피, 감초로 되어 있습니다. 그리고 거담지제는 반하(半夏), 남성(南星), 패모(貝母)에 음……."

아버지의 표정이 굳어졌다. 안타까운지 당신이 설명을 이어 나갔다.

"거담지제는 반하, 남성, 패모도 있지만, 감기약으로 유명한 삼소음(蔘蘇飮)에 자주 가미되는 행인(杏仁), 소자(蘇子)도 있다. 생강, 건강(乾薑:생강을 말린 것)도 거담시키는 효능이 있다. 그리고 반하는 절대 생으로 먹으면 안 돼. 목이 아려서 큰일이 난다. 이 반하의 독성을 없애기 위해 생강물에 담그기도 한다. 또 반하는 진주반하라 하여 진주 모양으로 된 것이 좋지. 패모는 천패모(사천성 패모)를 최상품으로 치지만 아주 비싸고, 국내에서 구하기 어렵다. 그래서 절패모(절강성 패모)를 많이 쓴다."

아버지의 말씀을 감탄하며 들었다. 약장 이야기를 하다가 어느 순간부터 강의가 되고 있었다.

"이진탕 얘기를 해보자. 복령(茯苓)은 소나무 뿌리 근처에서 생기는데, 송근이 지나는 부위를 복신(茯神), 그 나머지 부위를 복령이라 한다. 복신은 신경이 예민한 사람에 좀 더 쓴다. 복신이 없을 때는 복령으로도 대용이 가능하다. 진피(陳皮)는 그냥 귤껍질이 아니다. 약용으로 쓰는 게 따로 있지. 산물이라고 해서 내용물은 안 먹고, 순전히 껍질만 약재로 쓰려고 키우는 게 있다. 이게 좋긴 한데 아주 비싸지. 보통은 일반 진피로도 충분히 괜찮아. 감초(甘草)의 경우는 국산을 쓴다는 데는 거짓이다. 잘 자라지 않을 뿐더러 내몽골 지역에서 나는 감초가 향미가 좋고 약성도 뛰어나다. 중국 신장이나 중앙아시아 쪽에도 좀 나온다. 또 1호, 2호가 있는데, 1호감초가 대가 굵어서 더 좋은 거다."

아버지는 갈증 때문인지 물 한 잔을 마셨다. 요즘 늘 지친 상태였지만 아들과 이야기를 할 때만큼은 어디서 힘이 샘솟는지 열변을 이어 나갔다.

남서향으로 창이 나 있는 아버지의 진료실. 오후가 되면서 햇빛이 한약방에 길게 드리워졌다. 시간은 4시를 넘어서고 있었다.

아버지는 당신이 설명했던 방식으로, 좋은 약재의 기준이 무엇인지 다시 질문을 했다. 갑자기 시험의 수준이 확 올라갔다. 긴장감으로 손에 땀이 났다.

"육미지황탕(六味地黃湯)에 대해 얘기해 보자"

"숙지황(熟地黃), 산약(山藥), 산수유(山茱萸), 복령(茯苓), 택사(澤瀉), 목단피(牧丹皮)로 구성되어 있습니다. 신장이 허할 때 쓰는 대표적인 처방입니다. 아이들 성장약이나, 성인 보약에도 많이 쓰이는 기본 처방입니다. 숙지황은 구증구포(九蒸九曝)라 하여, 생지황(生地黃)을 아홉 번 찌고 말리는 과정을 반복해서 만듭니다. 산약은 보통 거피(去皮-껍질을 벗기는 것)를 해서 쓰고 진액을 보태는 약입니다. 산수유는 구례와 문경의 산수유가 유명하고, 신맛으로 양기를 돋우는 성질이 있습니다. 택사와 목단피는 나쁜 습을 빼고 혈관을 맑게 하는 작용이 있습니다."

나름 잘 대답했다고 생각했다. 그러나 아버지는 성에 차지 않은 모습이었다.

"육미에서 3보3사(三補三瀉)가 무엇이냐?"

"3보라 함은 숙지황, 산약, 산수유로 몸을 보하는 약재입니다. 3사라 함은 몸에서 나쁜 것을 빼는, 사하는 약재인 복령, 택사, 목단피를 말합니다."

"몇 돈씩 쓰냐?"

"한 첩에 숙지황은 2돈(1돈은 3.75g), 산약, 산수유는 1.5돈, 복령, 목단피, 택사는 1돈씩 씁니다."

"숙지황, 건지황, 생지황 차이가 뭐냐?"

쉬지 않는 질문에 긴장의 연속이었다.

약방문이 스르륵 열렸다. 어머니가 찐 고구마를 들고 한약방에 들어 오셨다. 남편이 또 아들을 잡고 있다는 표정을 지으며, 고구마와 김치를 두고 나가셨다.

"숙지황은 생지황을 구증구포한 것이고요, 건지황(乾地黃)은 생지황을 그냥 말린 것입니다. 생지황은 보음(補陰-진액을 보태는)하나 성질이 약간 찹니다. 피부약이나 갱년기에 쓸 수 있고, 열이 위로 오를 때 사용합니다. 숙지황은 아홉 번 찌는 과정에서 생지황의 찬 성질이 사라지고 약간 온성을 띄게 되며 보하는 성질을 더 강하게 갖게 됩니다. 그런데 생지황은 잘 상하기 때문에 생지황이 없을 때 건지황으로 대용할 수 있습니다."

"허허. 기본적으로 공부는 된 거 같구나. 하지만 머리로 외우면 안 된다. 궁리하지 않고도 곧바로 답이 나와야 그게 진짜 외운 거다. 그래야 환자 볼 때 처방이 바로바로 떠오른다."

고구마는 식어가고 있었고, 잘 익은 김치 냄새가 코를 자극했다.

"육미지황탕은 정말 좋은 처방이다. 소아나 성인들도 많이 쓴다. 그러나 90년대 이후부터 처방을 조금 달리할 필요가 있겠더라. 예전만 해도 육체적 일을 많이 하고 잘 먹지도 못했지. 그래서 보를 기본으로 했다."

아버지는 잠시 숨을 고르더니 이어 말씀하셨다.

"하지만 최근에는 사람들이 잘 먹어, 너무 잘 먹어서 오히려 습열(濕熱)이 차는 게 문제야. 게다가 밤에는 술 마시지, 안주도 많이 먹지. 그래서 예전처럼 보법 위주로 하면 안 되는 경우가 많아졌다. 사(瀉)하는 약재 중에 택사, 복령을 오히려 많이 써 봐라. 특히 택사. 보(補)하는 약재 중엔 숙지황은 좀 더 써도 괜찮아. 위장이 약하고 열이 있어 보이는 사람은 숙지황 대신 건지황을 쓰든지, 반반으로 넣어 봐라. 소화 안 되는 사람은 거기에 사인(砂仁)을 넣으면 좋다. 그러면 패증(敗症-약이 안 맞아 부작용 나는 것)이 없다."

나는 아버지의 경험과 혜안에 감탄을 거듭했다. 학생 때는 이론으로만 공부하고, 무작정 외우기만 했다. 하지만 한의대 졸업 후 환자들을 실제 보면서 이론대로 잘 되지 않는 상황이 너무 많았다. 아버지의 말씀으로 비로소 이유가 선명해졌다. 특히 육미지황탕에 관한 설명은 입을 다물어지지 않을 정도였다.

아버지가 약장 하단을 가리켰다.

사군자, 사물, 육미를 이루는 약재가 하단 왼쪽을, 이진탕과 평위산 계열이 하단 오른쪽을 채우고 있었다.

아, 아버지의 약장엔 이런 비결이 있었구나.

아버지와의 대화를 통해 당신의 약장 구성의 비밀을 절로 이해하게 되었다.

이어 아버지는 8자 약장의 하단, 중단, 상단을 상세히 설명했다. 그리고 220개 약재와 그것이 이루는 처방에 대한 이야기로 이어졌다. 어느덧 벌써 두 시간이 흘렀다.

어머니는 다시 오셨고, 식어버린 고구마를 보며 혀를 찼다.

"아이구, 아들 좀 먹이고 이야기해요. 그리고 좀 의자에 앉혀서 가르쳐요. 무슨 얘기를 하면 기본이 두 시간이야. 요즘 애들이 그렇게 가르치면 듣겠수?"

아버지는 아내의 잔소리를 묵묵히 들으며 고구마를 입에 가져갔다. 아버지의 기세가 하늘을 찔렀던 예전과는 달리, 노년에는 어머니의 항변에 그냥 웃음으로 대신하였다.

지난 여행에서 구입한 보이차를 마시며 남은 얘기를 나누었다.

당신은 피곤하신지 하품을 크게 했다. 두 손으로 입을 막으며 얼굴을 여러 번 문질렀다. 중풍 이후 아버지에게 생긴 습관이었다. 노년의 아버지에겐 오랜 시간 말하는 것이 결코 쉽지 않았으리라. 의업을 잇는 아들을 향한 열정과 사랑을 난 가슴으로 느끼고 있었다.

"경동시장 가면 여상태 사장님 찾아가 봐. 우리 집에 약재도 공급하는 분이다. 서울 가서 그분 만나면 약장 사는 거 도와줄 거다. 내가 요즘 몸이 안 좋아서 너와 함께 가긴 힘들 듯하다. 미안하다."

화제가 이제 새로 살 약장으로 돌아왔다.

"네가 고집이 세서 미리 얘기해 놨다. 약장은 한의원의 상징이야.

여덟 자짜리 오동나무로 만들어 달라고 했다. 괜히 작은 거 산다든지, 싼 거 사려고 하지 마. 오동으로 해야 백 년 이상 간다."

"그냥 아버지 쓰시던 거 쓰면 안 될까요? 약장이 두 개나 더 있잖아요? 아버지의 약장을 정말 물려받고 싶습니다."

"난 나의 약장이 있고, 넌 너의 약장이 있다."

아버지의 목소리가 단호했다.

늘 희생과 양보를 하셨던 아버지. 당신에게도 양보할 수 없는 것이 있었다.

완강하신 아버지, 당신의 뜻을 꺾을 순 없었다.

당연히 당신의 인생이 있고, 또 나는 나의 인생이 있을 터였다. 그렇게 생각하면서도 서운한 마음을 감추지 못했다.

아버지와 나는 말없이 차와 고구마를 먹기 시작했다. 우리 사이엔 정적이 흐르고 있었다. 아들의 마음을 눈치챘는지, 그 정적을 깨고 아버지가 혼잣말처럼 말씀하셨다.

"애비를 좋아해 줘서 고맙구나."

난 그 순간 고개를 들 수 없었다.

아버지 사랑합니다, 라는 말로도 부족했다. 나는 잠자코 아버지를 안아드렸다. 나에게 당신은 진정 큰 거인이었다.

아버지의 뜻과는 달리, 아버지의 약장은 당신 곁에 오래 머물지 못했다.

개원 후 4개월 뒤 아버지는 암이 발병해 고통스런 투병생활이 시작되었다.

그리고 당신이 긴 여행을 떠난 후, 아버지의 약장은 결국 의인한의원의 차지가 되었다.

한의원 문을 열 때면, 정면으로 보이는 당신의 약장.

당신이 그랬듯이 나도 그 약장 앞에서 약을 조제한다.

그리고 당신과 내가 이어져 있음을 온몸으로 느낀다.

개원하던 날의 출사표

우여곡절 끝에 5월 10일 개원하게 되었다.

최근 며칠은 제대로 잠을 잘 수 없었다. 개원 준비는 쉽지 않았다. 개원 관련해서 할 일이 많았다. 행정적인 것, 직원 구인, 또 중요한 한의원 프로그램을 구성하는 일 등.

나는 줄곧 허둥댔다. 늘 밝았던 얼굴이 개원을 앞두고는 부쩍 생기를 잃고 있었다.

많은 사람들의 축하를 받았다. 특히, 전약국의 아들이 개원한다는 소식에 고향에선 버스까지 동원해 올라왔다.

이런저런 얘기를 하다 자연스럽게 몇 분이 진료를 의뢰했다. 자리를 한의원 원장실로 옮겨 차트에 등록하고 진료를 시작했다. 한순간 가벼운 흥분이 일었다. 비로소 개원했다는 것을 실감했다. 배낭여행 중 환자를 꽤 보긴 했지만, 원장실이란 공간에서 정식으로 진료를 보는 건 오랜만이었다.

이모부는 개원 선물 대신 소화기를 치료해 달라며 나에게 첫 한약을 의뢰했다. 친척분들과 이런저런 이야기를 하며 꽤 시간이 흘렀고, 참석한 분들이 식사를 마칠 즈음 개원식을 시작했다.

개원식은 사실 아버지를 위한 행사였다.

한의대 입학 후 군대를 다녀오느라 10년이 걸려서야 졸업했다. 작년에는 더 큰 세상을 알기 위해 배낭여행을 한다고 아버지 속을 부단히 썩였다. 당신에게는 인고의 긴 세월이었으리라.

부모님의 섭섭했던 마음을 오늘을 계기로 풀어 드려야겠다고 생각했다.

개원식에서 꼭 하고 싶었던 것이 있었다. 바로 아버지께 드리는 출사표였다. 제갈량이 유선에게 올렸던 출사표처럼.

아버지 환갑과 칠순 때도 나는 편지를 준비했었다. 진심이 담겨서 그랬는지, 아버지는 선물과 용돈보다도 기뻐하셨다.

오늘도 마찬가지였다. 작은 선물을 준비했지만, 그 어떤 선물로도 감사의 마음을 다 담을 수 없었다. 이름하여 출사표. 붓으로 봉투 겉면에 한자로 적고, 한지에 글을 빼곡히 담았다.

사랑하는 아버지, 어머니께 고(告)합니다.

당신의 어리석은 아들이 이제 세상에 나가려 합니다.

5월 10일 오십대연(五十大衍-주역용어, 오십의 수에서 천지 변화가 일어난다는 의미)의 날에 의인한의원을 개원합니다.
긴 세월이었습니다. 한의대에 입학하고 12년이 되었습니다. 부족한 저를 이렇게 키워주시고, 힘든 시간에도 묵묵히 응원해주셔서 감사드립니다.

어린 시절엔 아버지가 무서웠습니다. 환자들에겐 인술을 펼치는 명의였지만, 가족들에겐 엄하기 그지 없었습니다.
크면서 그런 아버지를 조금씩 이해하게 되었습니다. 휴일도 없이 일하는 아버지를 보며 당신 어깨에 놓인 무게를 느끼게 되었습니다.
한 환자를 살리기 위해 밤늦은 시간에도 의서를 살피고, 약을 달이는 아버지를 지켜보며 언제부터인가 당신을 닮고 싶다는 생각을 했습니다.

아버지가 어린 시절 저에게 말씀하셨던 '살구나무 숲' 이야기가 기억납니다. 중국 삼국시대에 동봉(董奉)이라는 의사가 가난한 환자에게 돈 대신 살구나무를 받았다는 이야기였습니다. 많은 사람을 구했고, 결국은 살구나무 숲이 생겼다는 '행림(杏林)'의 의미를 들려주셨습니다.
저에게는 허준 선생님 못지않게 아버지가 훌륭한 스승이셨습니다. 한의학에 대한 공부, 약재를 다루는 실력과 자세, 환자와 주변분들을 대하는 태도를 보며 당신을 존경하게 되었습니다.
아버지를 본받아, 한 분 한 분의 환자에게 최선을 다하겠습니다.

오직 질병을 고치겠다는 마음만 갖고 나아가겠습니다.

보잘것없고, 속 썩인 저를 이 자리에 설 수 있게 해주신 아버지, 어머니께 큰절을 올리며, 존경과 감사를 이 출사표에 갈음합니다.

출사표 읽기를 마치자, 간호사는 미리 준비했던 천으로 감싼 선물을 가지고 나왔다. 올봄 나무 시장에서 구한 작은 살구나무 묘목이었다. 아버지는 선물을 풀어 보고는, 뜻밖의 선물에 깜짝 놀라셨다. 순간 아버지는 감회에 젖으신 듯했다.

어린 살구나무를 받으신 후, 아버지가 담담한 목소리로 말씀하셨다.

"환자를 돈으로 보지 말고, 고치겠다는 생각만 해. 그러면 사람들이 널 신뢰할 거고, 부도 따라오게 되어 있다."

아버지가 평상시에도 내게 늘 하시던 당부였다. 돈을 많이 벌겠다는 생각을 최우선 가치로 삼는 것을 아버지는 몹시 경계하셨다.

아버지가 들려주셨던 이야기가 떠올랐다.

옛날 과거 보러 가는 선비가 하나 있었다.

가는 길에 관상을 잘 보는 사람이 있다는 소문을 듣고, 미래가 궁금해 그 사람을 찾아가서 물었다

"제가 정승이 될 수 있겠습니까?"

그 사람은 선비를 유심히 보더니, 단호하게 얘기했다.

"아닐세. 그럴 상이 못 되네"

선비가 다시 물었다.

"그럼 의원은 될 수 있겠습니까?"

관상쟁이는 선비를 의아하게 보고 역으로 질문했다.

"정승 되려고 하는 사람이 갑자기 의원 얘기는 왜 하나?"

"훌륭한 정승이 되어서 백성들을 잘 살게 하고 싶었는데, 정승 될 관상이 아니라면 의원이라도 해서 아픈 백성들을 돌봐야지요."

관상쟁이는 무릎을 탁치며, 다시 선비에게 말했다.

"당신 정승 되겠소. 백성을 사랑하는 그런 마음이면 정승이 될 상이요."

마지막으로 난 부모님께 큰절을 올렸다.

사람들은 환호와 함께 박수를 보내 주었다. 지난 일이 주마등처럼 스치는지, 어머니는 손수건으로 눈물을 계속 닦았다. 담담해하시던 아버지도 손으로 콧등을 만지며 안경을 고쳐 쓰셨다. 그리고 어머니의 등을 두드리며 안아주셨다. 예전에는 상상도 못 하던 아버지의 모습이었다.

오늘만큼은 당신께 왕관을 씌워드리고 싶다.

고단했던 아버지라는 이름의 가시면류관을 벗겨드리고, 존경받는 아버지라는 이름의 왕관을 씌워드려려 한다.

아버지와 아들의 처방 논쟁

"재규야, 일어나서 약방에 건너오거라."

인터폰이 울렸다. 빨리 받지 않으면 불호령이 떨어지곤 했다. 오랜만에 늦잠을 자고 싶었지만, 더 이상 잠을 자기는 글렀다. 옷을 주섬주섬 입고 거울을 보았다. 머리가 헝클어져 있었다. 물을 발라 대충 정리를 했다. 조금만 늦어도 꾸중을 듣기에 서둘러 약방으로 나갔다.

개원 초 주말을 맞아 모처럼 고향에 갔을 때의 일이다. 토요일에 차가 막혀 점촌까지 세 시간 넘게 걸렸다. 운전도 힘들었고, 한 주간 누적된 피로도 있었다. 하지만 아들이 자고 있더라도 깨워 친구분에게 인사를 시키는 것이 아버지에겐 마땅한 도리였다. 또한 아버지가 평생 지켜온 법도는, 성인이라면 새벽부터 일어나 일을 하든지 공부를 하든지 부지런히 일상을 시작해야 했다.

"박 사장님이시다. 중신기에서 쌀가게를 하시고, 예전에 내가 로터리클럽 활동을 할 때 많이 도와주셨던 분이다."

“아이고, 재규 오랜만이네. 아니 이제 전원장이라 불러야겠네. 허허, 그래 어디서 일하노?”

“건강하셨죠? 동탄에 개원했어요.”

“동탄이 어디고? 니 점촌에서 안하고 왜 거기 가서 하나? 병원은 잘 되나?”

“요즘 점촌에서 개원하면 힘들다. 예전에 비해 절반이, 아니 삼분에 일도 환자가 없다. 이젠 서울이나 경기도에 개원하는 게 낫다.”

아버지가 먼저 선수를 쳐서 말씀하셨다. 멋쩍어 할 아들에 대한 배려였다.

“수원 옆의 신도시에요. 처음이라 열심히 하고 있습니다.”

“재규야, 이 어른 맥을 좀 보거라.”

나에게 먼저, 그리고 박 사장님을 향해 말씀하셨다.

“재규가 맥 공부, 침 공부를 많이 했어. 박 사장, 오늘은 아들한테 진단받아 봐.”

“그래. 요즘 신식 한의학은 어떻게 하는지 한번 봐 주라. 나 오늘 속 아파 죽겠다. 어제 먹은 게 체했는지, 머리도 아프고, 오늘은 아무것도 못 먹었다카이.”

박 사장님의 맥은 우 관맥(關脈-비장에 해당)과 좌 척맥(尺脈-신장에 해당)이 활맥(滑脈)이고, 전반적으론 긴맥(緊脈)을 보였다.

“좌 척맥이 많이 떨어집니다.(맥진은 손목의 요골동맥을 촉진하여 진단하는데, 촌맥, 관맥, 척맥 세 부위로 나누어 자세히 진단한다. 촌맥은 심장과 폐, 관맥은 간과 비장, 척맥은 신장과 방광의 상태를 본다. 활맥은 담(痰)이 있다는 의미이고, 긴맥은 어혈이 있다는 의미이다.) 혹시 양약 드시는 거 있나요? 올해 검진은 해보셨습니까?”

“혈압약 하나 먹지. 올해 검진할 땐 별소리 안 하던데?”

“속 아픈 건 얼마나 되셨어요?”

“올해 들어 자주 안 좋긴 해. 허리도 자꾸 아프고, 옆구리도 가끔 아프다.”

“일단 속이 안 좋고, 식체가 있으니까 이거부터 먼저 풀어보겠습니다. 침부터 놓을께요.”

복진상 우측 상복부(위장, 위장하부, 간, 담이 위치), 상완, 중완 부위(위장, 식도, 췌장이 위치)의 통증이 심했다. 이건 식체를 뜻했다. 하지만 등 쪽에도 통증이 있었다. 등의 신장 부위를 눌러 보니, 좌측이 우측보다 통증이 더 심했다. 이것은 맥진과 복진이 일치하는 상황이었다.

옆방에서 사장님에게 침을 시술하고 난 뒤, 아버지와 진료실에서 다시 얘기를 나누었다.

“내가 보기엔 위맥(胃)이 약하고, 상초(上焦)맥이 뜨더라. 위기(胃氣)를 풀어주고, 상초로 뜨는 화를 잡는 처방을 써야겠다. 재규야, 네가 본 진맥은 어떻더냐?”

"일단 위에서 활(滑)맥이 잡히고요. 그런데 신(腎)맥이 약해요. 또 활맥이 잡힙니다. 신장을 강화시켜야 하겠어요."

"이분은 37년 6월 30일 출생인데, 간지로 무오(戊午)일이라 화가 많은 사주를 가지고 있다. 증상과 맥하고도 일치한다. 화를 내리는 향사육군자탕에 황련, 치자, 자초, 등을 넣으면 어떨까 한다."

전통한의학을 공부하신 아버지는 사주와 육경변증도 함께 하셨다. 나 또한 주역을 열심히 공부했다. 그러나 진단에 있어서는 사주를 개입시키지 않았다.

"아버지 위로 뜨는 열은 두 가지예요. 허열(虛熱)이 뜨는 경우도 있고, 실열(實熱)이 뜨는 경우도 있죠."

"옳지. 박 사장은 실열은 아니지. 그래도 황련, 자초 등을 넣는 게 낫지."

아버지의 표정에 성장한 아들을 바라보는 흐뭇함이 느껴졌다.

"박 사장님은 신장이 약해져서 나타나는 신음허로 올라오는 열이에요. 따라서 육미지황탕 계열을 기본으로 해야 됩니다. 여기에 사인, 진피 등을 가미하고, 열을 보고 지모, 황백을 넣는 게 좋겠어요."

"육미지황탕은 무겁다. 소화가 잘 안 되는데, 육미를 지금 쓰는 건 아니다."

"제가 복진을 해보니까 등 쪽으로 신장 부위에 압통이 있어요. 또 신장맥에도 활맥이 보어요."

"활맥? 음……. 10병 9담(十病九痰-10병 중 9가지는 담으로 인해 온다는 뜻)이라, 활맥이 신장에도 보이더냐?"

아버지는 맥에 대한 공부를 많이 하셨지만 지인들을 제외하곤 진맥을 하지 않으셨다. 그럼에도 아버지는 나에게 거대한 산이었다. 공부를 거듭 할수록 아버지의 산은 더 높게 느껴졌다.

아버지가 옆방으로 가서 박 사장의 진맥을 다시 보았다. 아버지의 오랜 지인이라, 박 사장님은 이런 과정을 재미있게 지켜보는 듯했다.

아버지가 고함을 치셨다.

"이 녀석아, 이게 어떻게 활맥이냐? 그냥 긴(緊)할 뿐이지. 촌맥이 더 뜨잖아."

"아버지 확실히 활맥이 잡힙니다. 통증으로 봐서 신장에 낭종 같은 것이 있을 가능성이 있어요. 초음파 검사도 해보셔야 해요."

"아이고, 부자지간에 싸움나겠네. 아, 그러고 보니 올해 초음파 볼 때 의사가 신장에 혹 있다카더라. 3cm 정도 된단다. 일단은 지켜보자카데."

박 사장님은 아버지께 웃으며 말했다.

"병갑아, 이제 니보다 아들이 낫네. 허허."

"얘가 방학 때 전국의 유명한 선생도 많이 찾아다니고 했지. 공부는 열심히 하더라. 말을 잘 안 들어서 그렇지."

아버지는 약간 머쓱한 웃음을 지으셨다. 하지만 아들의 성장한 모습에 드러내지 않을 뿐 몹시 흐뭇해하셨다.

아버지와 나는 눈이 마주쳤다.

누가 먼저랄 것도 없이 서로에게 미소를 지었다.

치유의 시간이었던 외국인 의료봉사

스리랑카 출신의 청년이 왔다.

까만 피부임에도 황달기로 온몸이 노랗게 변해 있었다. 그나마 웃을 때 하얀 이가 유난히 두드러졌다.

침을 맞을 때마다 긴장감에 온몸이 경직되어 있었다. 짐작보다 아프지 않은 침에 지레 겁먹은 자신이 부끄러웠는지, 침을 맞은 후엔 멋쩍은 미소를 지었다. 한 달 동안 침을 맞으며, 가려움이 줄고 옆구리 통증이 덜하다고 두 손으로 합장하며 고마워했다. 오랜 노동으로 얼굴은 초췌하고 피부는 거칠어 실제보다 나이 들어 보였다. 해맑게 웃을 때 비로소 이십대 청년의 모습이 드러났다. 그 미소 때문에 오히려 안쓰러운 마음이 들었다.

구로에 위치한 이주 노동자를 위한 병원.

2010년 5월부터 금요일 저녁마다 2층 재활치료실에서 한방진료를 해왔다.

한 달 전 이 청년을 처음 만났다. 그날 그의 오른손을 보고 충격을 받았다. 오른쪽 검지와 중지 두 손가락이 잘려져 있었다. 그는 다니던 공장에서 프레스 작업을 하다가 산업 재해를 당했는데, 고용주는 더이상 일을 하지 못한다는 이유로 그를 회사에서 내쫓았단다. 회사에서 치료비의 일부를 받았지만, 실제 치료비와 생활비에는 어림도 없이 부족했다. 신체의 재해도 큰 불운이었지만, 회사에서 쫓겨난 이후 경제적인 어려움은 또 다른 고통의 시작이었다. 이를 달래기 위해 술을 마시기 시작했다.

그를 처음 봤을 때 이미 알코올 중독으로 간경화와 심한 황달이 진행되고 있었다. 복지의 사각지대에 있는 외국인 노동자의 현실에 가슴이 먹먹해졌다.

나는 당시 소설 아리랑을 읽고 있었다. 스리랑카 청년을 보면서 하와이에서 노동자로 살아갔던 우리 조상들의 고난이 떠올랐다. 소설 속에 나오는 방영근은 중개자에게 사기를 당하고, 온갖 고초를 겪으며 고국에 돌아가지 못했다. 주만상은 고작 가시에 찔린 상처를 제대로 치료받지 못하고 결국 사망하고 말았다.

내 앞에 있는 스리랑카 청년의 모습이 불과 백 년 전 이국땅에서 힘겹게 살아갔던 우리 선조들의 모습과 다르지 않았다.

이주 노동자 의료 봉사는 아내의 제안으로 시작되었다. 언론을 통해 이곳에 대해 알게 되었고, 한방 진료는 아직 없다는 이야기를 듣고 참여하였다. 금요일 진료가 끝난 뒤 구로를 향해 달려갔다. 금요일은 늘 차가 많아서 가는 길만 두 시간 가까이 소요되었다. 도착하면 거의 9시였고, 그때부터 두 시간 정도 진료했다.

한의원에서 침과 부항, 몇 가지 가루약과 환약도 준비해 갔다. 내겐 진료할 수 있는 베드와 간단한 의료비품만 있으면 충분했다.

몇 주가 지나자 입소문이 나서인지 병원에 도착하면 많은 환자들이 기다리고 있었다. 먼저 외래 환자를 보고, 입원실 병상에 들러 입원 환자들에게 침치료를 했다. 재중동포가 가장 많았다. 몽골, 베트남, 필리핀, 스리랑카, 우즈벡 사람들도 있었다.

병원에 들어서면 이국적인 향기가 있었다. 한국 사람에게 마늘 냄새가 난다고 하듯이, 외국인들이 모인 곳에서는 특유의 향신료 냄새가 났다. 난 예전 배낭여행 시절의 추억이 되살아나서 그런 향기마저 좋았다. 진료하는 금요일이 되면, 그곳에서 나를 기다리는 환자들을 만날 기대에 아침부터 설레기도 했다.

환자들은 병원비를 지불할 형편이 못 되었기에, 치료를 받는다는 것만으로도 고마워했다. 이주 노동자들에게 일반 병원의 문턱은 여전히 높았다. 이국땅에서 자신을 도와 주는 사람이 있다는 것이 그들에겐 큰 위안이 되었으리라.

거친 노동으로 인한 근골격계 질환이 많았다. 또한 간과 위장 질환도 많았는데, 스트레스와 애환을 술로 푸는 듯했다. 담배는 거의 모든 환자들이 피웠다.

그들은 낯선 한의사에게 간절한 눈빛으로 치료를 갈구했다. 오랜 한국 생활로 한국말을 잘하는 분들도 있었지만, 한국에 온 지 얼마 안 되는 환자들도 있어 손짓 발짓을 써 가며 대화를 나누었다.

'내가 찾은 모순은 사람이 아플 정도로 사랑을 하면, 아픔이 사라지고 사랑이 깊어진다는 것이다.'

테레사 수녀의 명언은 실로 맞는 말이었다.

2010년 2월 아버지가 돌아가시고 정신적으로 지치고 힘든 시기, 이곳에서 의료 봉사했던 시간은 나 자신에게도 치유의 시간이 되었다.

가끔은 아내와 함께 가기도 했다. 환자가 점점 많아져 도와줄 사람이 필요했다. 그 역할을 아내가 맡아주길 바랐다. 당시 첫째 딸 아로가 돌이 채 안 된 때였다. 그러나 아내 또한 나의 동행 요청을 흔쾌히 받아주었다.

아내는 아로를 등에 업고 환자를 돌보았다. 아내와 포대기에 싸인 아기는 환자들에게 밝은 기운을 전해주었다. 모녀의 모습을 보면 나 역시 진료로 쌓인 피로가 눈 녹듯이 사라졌다. 진료가 끝나면 근처 대림동 차이나타운에 가서 양꼬치를 먹으며 예전 여행의 추억을 되살리기도 했다.

1년간 의료 봉사를 했다.

진료는 양방이든 한방이든 모두 무료였다. 지속적으로 후원해 주는 많은 사람들 덕분이었다. 물론 의료봉사만으로도 충분히 의미가 있었다. 의료의 사각지대는 여전히 존재하기 때문이었다.

그럼에도 불구하고 무료 진료를 받는 몇몇 환자들은 주위 유명한 병원에 가서 고가의 검사를 하고, 비싼 약과 영양제를 먹곤 했다. 처음에는 왜 그럴까 의문이 들었는데, 나중에는 환자들의 마음을 이해하게 되었다.

결국 환자들에겐 질환을 잘 치료하는 것이 중요했다. 거리와 비용은 이차 문제였다. 고국에서 비싼 비행기삯과 체류비를 들여서라도 가족을 데리고 와 치료를 받게 하는 모습도 보았다.

그런 모습을 지켜보며 나는 하나의 깨달음을 얻었다. 이분들에게 의료봉사를 한다고 마치 시혜자의 입장에서 늘 감사하길 기대한다면, 이것 또한 오만함이었다.

환자에게 중요한 것은 치료의 효과이다.

자신의 분야에서 전문가가 되자. 그리고 전문가가 되어 봉사할 수 있다면 훨씬 더 의미 있는 일이 되리라.

늘 환자만을 생각하라

"환자에 대해서 하루종일 생각해요. 일어나자마자 생각하고, 밥 먹을 때도 환자에 대해서만 생각합니다. 어떻게 하면 낫게 할 수 있을까를 계속 생각해요. 그러면 약이 나옵니다."

선생님의 말씀에 정신이 번쩍 들었다.

한독약품이 수입한 훼스탈이 국내 소화제 시장을 독점할 때, 국내 최초로 베아제를 개발한 분. 우루사, 지미코 등 약 220종의 약품 개발을 해낸 전성수 약사님.

나는 약사님께 많은 약을 개발한 비결을 물었고, 70대 후반의 고령이지만 쩌렁쩌렁한 목소리로 밝힌 대답이었다.

이영양성 수포성 표피박리증(Epidermolysis Bullosa: EB)을 앓고 있는 어린이가 있었다. 여러 의서를 보고 많은 자료를 연구했지만 결코 만만한 질환이 아니었다. 워낙 희귀한 질환인데다 사망률도 매우 높았다.

고서에 나오는 질병이 아니었기에 병의 특성을 규명하고 새로운 변증으로 접근해야 했다. 당연히 한의학뿐만 아니라 양방공부에도 큰 갈증을 느끼게 되었다.

이런 고민을 하던 나에게 아내가 전성수 선생님을 소개해 주었다. 제약회사에서 일했던 아내는 약사님과 오랜 인연이 있었다.

치료에 대한 열정에서 한의학과 양의학의 경계는 없었다. 약사님은 EB를 앓고 있는 어린이의 고통을 듣고서 최신 자료들을 모아 오셨다.

이렇게 시작된 개인 교습은 1년 동안 계속되었다. 수업은 토요일 오후 3시. 2시 30분이 되어야 한의원 업무가 마감되기에, 수업 시간을 맞추려면 늘 김밥으로 점심을 때워야 했다. 일주일 내내 이 시간을 기다렸다. 하지만 바쁜 토요일 진료를 마치고 수업을 들을 때, 체력은 이미 방전되어 있었다. 그래도 선생님의 소년 같은 맑은 눈과 열정이 가득한 목소리를 들으면 다시 힘이 나곤 했다. 30대의 젊은 학생이 70대의 노사부에게 오히려 에너지를 얻고 있었다.

"약사님, 군 생활을 5년이나 했다고 하던데, 진짜예요?"

아내로부터 전성수 약사님의 전설 같은 이야기를 들었지만, 믿기지 않았기에 직접 물었다.

"아 그거요? 그때만 해도 요즘처럼 의학저널을 쉽게 접할 수 없을 때였어요. 제가 하는 일이 군으로 들어오는 외국 의학저널을 번역해 군의관들에게 배포하는 일이었어요. 의학저널을 통해 얻는 지식이 저에겐 너무나 큰 기쁨이었지요. 제대하면 지금만큼 공부를 못할 것 같아서 연기하고 연기하다 보니 결국 군에서 5년이나 있었네요."

겉으로 웃었지만, 속으론 놀라움에 입을 다물지 못했다. 백 마디 포장된 말보다 지나온 삶의 궤적에서 느껴지는 전성수 약사님의 학문에 대한 열정은, 이제 막 개원하여 의업의 길을 가는 나에게 큰 울림이 되었다.

선생님은 늘 같은 가방을 들고 다니셨다. 수십 년을 써 온 해어진 가죽 가방이었다. 쓸 만한데 새로 살 이유가 없다고 하셨다. 당시 약사님은 모 제약회사 고문으로 약품 개발에 눈코 뜰 새 없이 바빴다. 그 와중에도 매번 강의 때마다 수십 페이지가 넘는 자료를 준비해 오셨다.

선생님을 통해 약리학, 생리학, 영양학의 최신지견을 심도 깊게 배웠다. 학창시절로 돌아간 듯한 기분이 들기도 했다.

나에게 한의사의 롤모델로 아버지가 있었다면, 양방 약리학의 눈을 뜨게 해준 분은 전성수 약사님이셨다. 학문에 대한 지치지 않는 열정, 환자에 대한 깊은 연민과 사랑은 만날 때마다 나를 되돌아보고 반성하게 했다.

전성수 약사님의 부친은 한의사였다. 일본에서 한의학을 공부하고 순천과 벌교에서 한의원을 차리셨다고 한다. 약사님과의 인연이 이어져 훗날 선생님 부친의 처방전을 받기도 했다.

약사님과는 한약에 대해서도 많은 이야기를 나누었다. 한약 탕전의 효과에 대해 질문했을 때, 복약 형태 중에선 안전한 방법이라고 대답을 하셨다. 한약이 현재 탕전의 형태로 많이 만들어지는데, 탕약은 약효를 잘 발휘할 수 있는 효과적인 방법으로 위장을 거쳐 몸에 흡수되기 때문이라고 하셨다.

또한 환자들의 잘못된 선입견으로 하는 질문들을 화제로 삼기도 했다.

"양방에서는 한약 먹으면 안 된다고 하는데 어쩌죠?"

"한약을 먹으면 간이 나빠진다고 하는데."

"암환자가 보약 먹으면 암세포가 무럭무럭 자라서 결국 죽는다는데요."

이런 질문에 대해서도 약사님과 광범위하게 문답을 나누었다. 결론적으로 근거가 없는 낭설이었다. 오히려 앞으로 한약도 활발히 연구해 잘못된 선입견이 시정되길 바라셨다. 또한 한약이든 양약이든 환자를 위한 마음으로 최선을 다해 연구해주길 늘 당부하셨다.

"허준처럼 환자 앞에서 침을 놓다가 죽고 싶어요."

전성수 약사님께서 스치듯이 이런 말씀을 하신 적이 있었다.

2017년 5월 15일 스승의 날, 선생님의 부음을 들었다.

돌아가시는 날 아침까지도 강연 준비를 하다가 책상 위에서 삶의 마지막 순간을 맞이했다고 한다.

선생님과 오랜 인연이 있었던 아내는 영정을 보자마자 오열했다. 영정 속 선생님의 모습은 낯설었다. 미소를 머금은 얼굴, 살아있는 눈빛, 금방이라도 큰 목소리로 나에게 말을 걸어오실 것만 같았다.

환자에 대한 열정으로 약품 개발에 바친 한평생.

마지막 순간까지도 당신의 평소 말씀대로 끝까지 환자를 위한 연구를 하다가 조용히 세상을 떠나셨다.

늘 환자만을 생각하라는 당신의 가르침을 가슴에 새겼다.

카네이션 대신 국화 한 송이를 영정 앞에 바치며 고개를 떨구었다.

영창당에서 의인까지

'영창당한약방에서 의인한의원에 이르기까지.'

한의원 약 박스에 써 있는 문구이다. 종종 환자들이 질문한다.

"대를 이은 한의원인데, 왜 부친 상호랑 이름이 다르죠?"

질문의 요지는 한의원 이름이 왜 영창당이 아니고 의인인가 하는 것이다. 의인이 더 괜찮다고 하는 사람들도 있고, 발음하기 어렵다고 하는 사람들도 있었다. 고향 사람들은 영창당이라 하지, 왜 이름을 바꿨냐고 아쉬워하는 분들도 많았다.

여기엔 고집 센 아버지와 아들의 에피소드가 있다.

1963년 이래 아버지의 땀과 열정이 녹아 있는 영창당한약방이라는 이름. 아들이 한의사가 되어 무엇보다 제일 우선 고려된 것은 영창당한의원이었다. 다만 요즘은 '~당'이라는 글자를 넣는 곳이 거의 없기에 영창한의원으로 할지, 영창당한의원으로 할지 정도만 고민하였다.

한평생을 열심히 살아오신 아버지. 언제부터인가 당신을 닮고 싶다는 생각을 하게 되었다. 아버지의 상호를 따라 '영창당한의원'을 개원하는 것이 당신께 드릴 수 있는 제일 큰 훈장이라 여겼다.

학창시절부터 나의 이런 생각에 대해, 아버지는 특별히 반응이 없으셨다. 개원에 임박해서는 영창당한의원으로 하고 싶다고 하니, 아버지는 정색하며 다른 이름을 찾으라고 하셨다. 아마 아들에게 맞는 상호를 가져야 한의원이 잘 될 거라고 생각하셨던 듯싶다.

아버지는 아들의 고집을 익히 파악하셨고, 상호에서도 좀처럼 물러나지 않으리라 예감하셨던 모양이다. 아들에게 의인(宜仁)이란 호를 내려 주신 대산(大山-현대 한국주역의 대가) 선생님을 찾아가셨다. 주역 선생님이 한의원 이름을 정해주면, 아들이 따를 거라고 생각하셨으리라.

아버지는 어떻게 대산 선생님 거처를 알았는지, 노구를 이끌고 대전에 가서 아들에게 맞는 한의원 이름을 받아 오셨다. 그래서 받은 이름이 호를 따라 의인한의원이었다.

아버지가 고생하며 대산 선생님을 만나고 온 사실에 마음이 뭉클했다. 하지만 아들이 아버지 상호를 따라 하고 싶다는데, 이렇게 완강히 반대하는 아버지에게 섭섭한 마음이 들었다.

나는 주역 공부를 많이 했지만 운명론을 좋아하지 않는다.

주역 책의 기본 원리는 피흉취길(避凶取吉)이다. 나쁜 괘가 나오더라도 삼가 조심해 정진하면 미래가 좋아질 수 있는 것이고, 좋은 괘가 나왔다고 해서 자만하면 미래는 실패할 수 있는 것이다.

그래서 사람들이 괘와 사주를 봐 달라고 할 때, 난 계속 거부해왔다. 마음이 불안하고 주관이 약한 사람들은 좌절하거나, 혹은 반대로 자만하게 될 염려도 있었다. 더구나 점이나 사주 위주로 가게 되면, 주역의 본질을 곡해할 우려도 있기 때문이었다.

영창당한의원은 나의 오랜 꿈이었다. 당연히 아버지의 꿈이라고도 생각했다. 따로 물어볼 필요조차 없이 기뻐하시리라 생각했다.

예상과는 달리 아버지의 반대에 부딪혔다. 아버지는 의인한의원으로 하라고 말씀하셨지만, 시간이 지나면 내 생각을 지지해주리라 생각했다. 그래서 아버지 모르게 영창당한의원이란 이름으로 개원 준비를 진행하기 시작했다. 지인이 소개해 준 곳에서 상호 작업을 진행했고, 드디어 영창당한의원의 멋진 로고를 만들어냈다. 아버지에게 보여드리기 위해 별도로 보드판을 제작해서 고향에 내려갔다.

가슴이 두근거리기까지 했다. 한의원 이름이야 내가 정하는 것, 그리고 로고 작업한 것을 보면 분명히 좋아하실 거야, 라고 생각했다.

하지만 오산이었다. 아버지의 표정은 내내 어두웠다. 마침내 격양된 어조로 말씀하셨다.

"영창당은 내 이름이고, 너는 네 이름을 가져야 한다. 영창당 이름이 너랑은 안 맞아. 왜 이렇게 고집을 피우니? 결혼도 안하고 개원도 늦게 하고……. 애비는 너를 생각해서 대산 선생님도 만나고 왔는데, 넌 왜 이렇게 말을 안 들어? 도대체 달라진 게 없구나."

지난 2월 긴 배낭여행을 하고 돌아와서 크게 혼난 후, 또다시 아버지에게 호되게 꾸지람을 들었다.

하지만 이번엔 나도 물러서지 않았다.

"전 아버지 이름으로 하고 싶어요. 주역 선생님께 안 물어봐도 돼요. 성실히 열심히 하면 충분하지 더 이상 중요한 게 뭐가 있어요. 이름도 마찬가지죠. 세상의 모든 아기들은 부모가 최고의 이름을 지어주었지만, 모든 아기들이 커서 다 훌륭한 사람이 되고 성공했나요? 결국 각자의 운을 결정하는 것은 각자의 노력입니다."

"……."

아버지는 더이상 말씀을 하지 않았다. 아버지를 기쁘게 하려고 한 일이었는데, 아버지가 좋아하지 않으니 결국 원점으로 돌아갔다. 하지만 포기하기 싫었다.

아버지에게 새로운 제안을 했다.

"제가 주역을 배운 청고(靑皐) 선생님(대산 선생님의 제자, 현 동방문화진흥회 회장)께 다녀올게요. 대산 선생님 말씀과 청고 선생님 말씀이 다를 수 있잖아요. 청고 선생님이 '영창당'이 괜찮다고 하면, 아버지 마음도 편하지 않겠어요?"

사실 이건 위험한 제안이었다. 주역 책을 보면, 같은 논제를 가지고 두 번 묻는 것은 금기시하는 것이었다. 어떻게 보면 나는 두 스승님께 큰 폐를 끼칠 수 있는 모험을 하고 있었다.

며칠 뒤 청고 선생님을 뵙기 위해 대구에 내려갔다. 청고 선생님은 나의 개원을 매우 기뻐하며 맞아주셨다.

대학생 때 늘 강의가 끝나면, 따로국밥으로 유명한 앞산 대덕식당에 자주 데리고 가시곤 했다. 국밥을 먹고, 두부김치에 막걸리를 곁들이며 주역 이야기로 밤을 새웠다. 한의원 개원 때문에 찾아간 그날도 대덕식당에서 국밥을 사 주셨다. 오랜만에 먹은 선지국밥으로 허기를 채우고 학당으로 돌아와 녹차를 마셨다.

선생님께 괘를 좀 뽑아줄 수 있냐고 조심스럽게 물었다.

"영창당한약방과 의인한의원 중에 저에게 어떤 이름이 더 맞을까요?"

"그래, 의인이 개원한다는데 당연히 봐줘야지."

신기하게 영창당한약방은 불리한 괘가 나왔다. 반면 의인한의원은 뇌지예(雷地豫)괘 육이(六二)효가 동했다. 뇌지예괘는 64괘 중 16번째 괘인데, 여기서 예(豫)는 '즐겁다'라는 뜻으로 풀이된다. 또한 육이효 효사를 보면 '육이는 개우석이라 부종일이니 정코 길하니라(六

二는 介于石이라 不終日이니 貞코 吉하니라.)'라고 나오는데 이를 풀이하면 '절개가 돌 같음이라, 종일을 기다릴 필요 없이 정하고 길하니라'는 뜻이다.

"의인한의원이 낫겠다. 의원을 하려면 중정(中正)하게 진단하고 노력해야 하는데 딱 맞고, 그것을 하는데 절개가 바위 같으니 얼마나 좋아. 자리도 음자리에 음효가 왔으니 좋은 자리다. 게다가 육이효가 동하면 뇌수해(雷水解)괘가 되는데 일이 잘 풀린다는 거다."

대산 선생님, 청고 선생님이 똑같은 말씀을 하셨다. 아버지 역시 영창당한의원을 반대하시니, 더이상 나에게 명분이 없었다.

두 선생님을 시험하는 위험한 시도였다. 하지만 당시에는 아버지의 반대를 막을 방법이 청고 선생님의 조언밖에 없었다. 결과적으로 두 선생님이 같은 의견을 내서 결국 한의원 이름은 의인(宜仁)이 되었다.

아버지께 전화를 걸었다.

"의인한의원으로 할께요. 청고 선생님도 의인이 더 낫다네요. 아버지 말씀이 맞았습니다."

아버지 목소리가 오랜만에 밝아졌다.

"그래, 잘했다. 재규한테 맞는 이름으로 해야지."

그렇게 뜻을 꺾지 않았던 아버지에게 당시는 섭섭한 마음이 더 많았다. 세월이 흘러 겁이 많아지셨나 하는 원망도 했다. 나의 서운한 마음을 읽으셨는지, 아버지는 마지막으로 한 말씀을 덧붙였다.

"넌 나의 그늘에 있으면 안 된다. 나를 뛰어넘어라."

당신의 나지막한 목소리에 난 어느 새 가슴이 뜨거워지고 있었다.

의인한의원이란 이름으로 진료한 지 12년.

많은 사람들이 의인한의원을 찾아오고, 의인이란 이름이 이젠 재규라는 이름만큼 나에게 익숙해졌다. 하지만 요즘도 가끔 당시를 생각하면 아쉬움의 감정이 먼저 밀려온다.

부르고 싶었던 영창당이라는 이름, 아버지라는 이름.

아직도 나에게는 미련이 남았나 보다.

****

"아버지, 눈 떠 보세요."

아득하게 느껴졌던 고향 땅이 눈앞에 나타났다.

고향에 닿지 못할 것 같은 두려움이 자꾸만 엄습했지만, 아버지는 결국 해냈다.

차창 밖으로 익숙한 고향의 풍경이 하나씩 보이고 있었다. 2차선 도로가 놓인 나지막한 언덕과, 겨울의 한기에 가지만 남은 은행나무 가로수길이 나타났다. 낙엽이 질 무렵, 노란 은행잎이 거리에 가득했을 때 이곳을 떠나왔었다. 지금은 스산한 겨울 기운이 가득했다. 그리고 저 너머에 조금씩 한약방이 보이기 시작했다.

"기사님, 잠깐만 멈춰주세요. 저기가 우리 집입니다."

"아드님, 빨리 이동하셔야 합니다. 1분도 급합니다."

앰뷸런스 기사도 심상치 않은 환자의 상태에 긴장했다.

하지만 오늘밤을 넘긴다 해도, 내일이 되면 다시 이곳에 올 수 있을까? 난 고개를 가로저었다.

"잠시만요. 10초면 되요. 아버지가 한 번만 볼 수 있도록요."

간절한 외침에 기사는 잠깐 주저하다가 브레이크를 밟았다.

어둠이 내린 거리, 건너편 가로등 불빛을 받아 간판이 어렴풋하게 보이고 있었다.

영.창.당.

당신의 발걸음으로, 당신의 체온으로 채워졌던 그곳, 그 일상의 공간에 돌아오길 얼마나 소망했던가.

"아버지…… 집에 왔어요."

당신의 손을 꼭 잡고, 귓가에 속삭였다. 집에 왔다는 말에 희미하게 눈을 뜨신 아버지. 당신은 짧은 순간이었지만 눈앞에 보이는 광경을 가슴에 담고 계셨다.

"…… 왔구나."

아버지는 앙상한 손으로 나의 손을 살며시 잡았다.

난 느낄 수 있었다. 당신의 떨리는 손길을, 당신의 뛰고 있는 심장을.

Chapter 5

·

마지막 처방전

아버지와의 동행은 아름다웠다.

우러러보던 큰 산과 함께 같은 길을 걷는다는 것은,

당신에게도 나에게도 벅찬 시간이었다.

함께 처방을 논쟁하고, 환자에 대해 이야기했다.

그리고 고뇌를 함께 이야기했다.

그리고 이제 당신에게 더 이상의 걱정 없이

평안함만 있으리라 생각했다.

하지만 인생이란…….

마주치고 싶지 않았던 오늘

2007년 9월말, 어느새 가을에 접어들었다.

한의원 창밖으로 동네 아파트촌의 잘 가꾸어진 정원이 보였다. 메타세콰이어가 늘씬하게 뻗었고, 단풍나무와 벚나무가 늘어서 있었다. 귀뚜라미 소리가 들렸고, 조금씩 단풍이 들기 시작했다. 날씨가 조금 쌀쌀해졌기에 얼마 전부터 아침 시간엔 바닥 난방을 가동하기 시작했다.

개원한 지 이제 4개월.

의인한의원을 찾아오는 사람들도 점차 많아졌다. 그날도 한 분 한 분 열심히 상담하고 있었다.

상담 중 전화가 걸려왔다. 누나였다. 하지만 진료 중이기에 폴더폰을 닫아버렸다. 바로 문자가 들어왔다.

'재규야, 전화해.'

어린이 복통 환자를 상담하고 있었다. 한 어머니가 초등학교 4학년 아들을 데리고 왔다. 아침부터 밥도 안 먹고, 배를 많이 아파해 학교를 못 갔다고 했다. 맥은 평맥(平脈-건강한 맥). 복부의 압통을 호소하나 복직근의 긴장감은 없었다. 이 나이 또래 아이들이면 보통 식체가 많고, 장염이 많다. 하지만 체온도, 맥박수도 정상이었다. 설진상 위장이 약간 약해 보이긴 했지만 병적으로 나쁘진 않았다. 청진상 특이음도 없었다. 꾀병이었다.

요녀석을 어떡한담?

고집은 세고, 한창 꾀가 생길 나이였다. 엄마는 아프다고 떼를 쓰는 아이에게 쩔쩔매고 있었다.

"아이의 상태가 좋은 편은 아닙니다만, 침 한두 번이면 분명히 좋아질 것 같습니다. 오늘 침을 꼭 맞고 가세요."

"침요? 엄마, 싫어요. 침 무서워요."

갑자기 아이의 눈이 휘둥그레졌다.

"침 한방이면 배 아픈 게 싹 없어질 거야. 치료실에 같이 가자, 엄마는 밖에서 기다리세요."

간호사를 불러 어머니를 밖으로 나가게 했다. 순간 아이의 얼굴이 잿빛으로 변했다.

"선생님, 저 배 이제 다 나았어요. 하나도 안 아파요. 정말 하나도 안 아파요. 침은 제발요. 너무 무서워요."

우는 아이에게 다신 꾀병을 부리지 않겠다는 약속을 받았다. 영문을 모르는 아이 엄마는 침 한방에 아이가 좋아졌다며 안도의 한숨을 쉬었다.

아이를 돌려보내고, 다른 환자를 진료했다. 약탕기에 넣을 약을 조제하느라 시간이 또 흘러갔다. 자리에 앉았다가 꾀병 아이를 생각하니 웃음이 났다. 어릴 때 학교 가기 싫어서 동네 친구들이 나를 끌고 갔던 생각이 떠올랐다. 학교를 가지 않으려는 나에게 아버지는 결국 회초리를 들었다. 그때는 아버지가 무서웠지만 지금은 정겨운 추억이 되었다.

아버지 생각이 계속 맴돌았다. 이상하게 가슴이 아려왔다. 갑자기 책상 위에 올려둔 폰이 진동하기 시작했다.

'재규야, 전화 꼭 해주렴. 긴급.'

문자가 다시 왔다. 누나의 문자는 한 시간 전에도 왔었고, 그걸 까맣게 잊고 있었다.

아버지 정기 검진일.

아침 일찍 고향을 출발해서 서울의 큰 병원으로 올라오기로 한 날이었다. 부모님은 올라오면서 나에게 전화를 했다. 오늘 정기 검진 때문에 올라가니까, 저녁에 별일 없으면 분당 누나집으로 오라고.

누나가 쉬는 날이라 부모님과 함께 동행했다. 6년 전 뇌경색이 온 이후부터 건강했던 아버지도 이곳저곳 탈이 나기 시작했다. 병원에 갈 때마다 약 갯수가 하나씩 늘어나고 있었다. 고희를 넘기면서 아버지도 할아버지 소리를 듣곤 했다. 한약방에 아이들이 올 때면 할아버지 한약방이라며 아이들은 소곤대곤 하였다.

아버지는 뇌경색 이후 중풍 전문이라는 서울의 유명 병원에 정기적으로 다녔다. 혈압이 오르고, 지방간이 생기고, 콜레스테롤 수치가 높았다. 일반적인 성인병의 경과를 보이고 있었다.

그리고 6개월 전, 담관의 결석이 발견되어 이를 제거하는 시술을 받았다. 치료받느라 고생은 했지만, 동년의 친구분들도 보통 생길 수 있는 질환이기에 특별히 심각하게 여기진 않았다. 하지만…….

긴급이라는 누나의 문자가 자꾸만 마음에 걸렸다. 갑작스레 안 좋을 일은 무엇일까…….

최근 소화가 안 되고 자주 피로하다고 말씀하시긴 했다. 올봄에 검진을 했다. 그런데 몇 개월만에 무슨 일이 일어난 걸까.

혹시? 불길한 예감에 불안해지기 시작했다. 나는 창밖을 보며 잠깐 심호흡을 하고는 누나에게 전화를 걸었다.

"재규야, 놀라지 마."

거기까지 말해놓고 누나는 울먹였다.

"아빠가 암이래, 그것도 당장 수술해야 할 만큼 위급하대."

잠시 정적이 흘렀다. 수화기 너머 누나의 울음소리가 들렸다.

이상하게 난 담담했다. 아니 담담한 척을 했다. 하지만 목소리는 살짝 떨렸다.

"이제 아버지 연세에 암 발병할 수 있을 수도 있지. 어느 부위래? 자세히 얘기 들었어?"

누나는 훌쩍이느라 한참이 지나서야 대답을 했다.

"조직검사를 또 해봐야 된대. 서울대병원 쪽에 담도암 전문으로 하는 교수님이 있다고 해서, 그쪽으로 가보려고 해. 크기가 5센티 정도 되는데, 위치가 안 좋아서 간을 크게 절제해야 된다고."

아……. 탄식과 함께 주위가 휘청이는 느낌을 받았다.

"누나, 일단 집으로 들어갈 거지? 암도 의술이 발달해서 수술만 잘하면 완치돼. 그러니 너무 염려하지 마."

"응. 정말 괜찮겠지?"

걱정하지 말라며 누나를 안심시켰다. 집안의 남자로서, 의료인으로서 중심을 잡아보려 했다. 하지만 연세가 많은 아버지가 암이라니……. 직감은 불안함으로 이어졌다.

자리에 털썩 앉았다. 그리고 눈앞이 흐릿해졌다. 의사이기 앞서 아버지의 아들이었기에.

나는 벽에 걸어둔 아버지의 사진을 바라보았다. 진료 책상에 앉아 환자를 진료하는 모습, 40대 초반 젊은 시절의 사진이었다. 이제 병환으로 부쩍 늙어 보이는 최근의 모습과 대비되어 가슴이 저려 왔다.

인터폰이 울렸다. 간호사는 환자가 오랫동안 대기 중임을 알렸다.

흐트러진 모습을 보일 수 없기에 창문을 열고 밖을 바라보았다. 가을의 맑은 하늘엔 구름 한 점 보이지 않았다. 하지만 공기는 차가웠다. 마음이 시려왔다.

진료를 끝내고 밤 9시가 넘어서야 누나집에 도착했다.

집안 분위기는 침통함으로 가라앉아 있었다. 아버지는 당신 스스로 의원인지라 애써 담담하실 수 있었으리라. 그러나 어머니는 이미 한바탕 눈물을 흘리신 뒤였다. 누나의 눈도 부어 있었다.

누나는 커피를 권했지만, 나는 검사한 CD부터 보여달라고 했다.

먼저 오늘 검사한 것부터 살펴보았다. 간의 우상복부 5엽 부위와 담관이 지나는 부위가 맞물린 곳에 형태가 불규칙한 종양이 보이고 있었다. 주변에 자잘한 이종의 형태가 몇 개 보였고, 크기가 작아 주변의 것이 암인지 아닌지는 확인이 어려웠다. 담관과 맞물려 있고, 또 간엽을 두 개 걸치고 있었다. 절개의 부위가 생각보다 클 듯했다.

아, 아버지 상황이 안 좋구나. 혈관, 담관, 림프관 주위까지 암이 보인다면, 사실 전이의 염려도 큰 상황이었다.

근심 어린 표정으로 화면을 보고 있던 어머니가 떨리는 목소리로 말씀하셨다.

"분명히 지난 3월에는 괜찮다고 했다. 오늘 의사가 진료하면서 갑자기 놀라더니, 이게 뭐야 하면서 이상하다고 그러는 거야."

그 당당하던 아버지의 얼굴에도 근심이 차 있었다. 하지만 남편으로서 아내를 오히려 다독였다.

"당신 너무 걱정하지 마. 내 나이 일흔도 넘었고, 병이 생길 때도 되었지. 그리고 수술이 가능하면 요즘 의료 기술이 좋아 괜찮을 거야."

아버지는 이어 나에게 물었다.

"네가 보기엔 어떠냐?"

나는 한 차례 헛기침을 토해냈다.

"한 곳에 몰려 있어서 수술로 제거하면 될 거 같아요. 너무 염려 안 하셔도 되겠습니다."

실제로 보이는 소견과는 다르게, 입밖으로는 가족을 안심시키기 위한 말을 했다. 엄마와 누나가 너무 걱정하는 모습을 보였기 때문이었다.

집으로 돌아오는 길, 아버지에 대한 생각으로 머릿속이 혼란스러웠다. 당신의 앞길이 만만치 않아 보였기 때문이었다. 암의 모양과 위치가 좋지 않았고, 전이의 가능성까지 감안한다면 더더욱.

나는 운전을 멈췄다. 길가에 한동안 정차해야만 했다, 눈앞이 흐릿해져 갈 수가 없었기에.

암 투병 중인 부모님의 리마인드 웨딩

"아버지 표정 좋아요. 어머니도 애교 좀 부려보세요. 자, 사진 찍습니다!"

아버지는 자연스러운 포즈를 잘 잡으셨다. 사진사는 연신 '신랑 좋아요'하며 추임새를 넣었다.

반면에 화려한 드레스를 처음 입어본 어머니는 환갑이 넘은 나이에도 쑥스러운지, 자세가 어색해 여러 번 재촬영을 해야 했다. 신랑 얼굴을 처음 보는 새색시처럼 볼도 붉어져 있었다.

신랑은 나비넥타이에 까만색 턱시도를 입었다. 오랜만에 머리를 염색하고, 멋을 내기 위해 머리를 뒤로 넘겼다. 화장까지 곁들여 오늘만큼은 10년이나 더 젊어 보였다. 사진을 찍을 때마다 도우미가 옆에서 옷과 얼굴을 다시 다듬어 주었다. 신랑은 이런 과정 자체가 익숙치 않은지 부드럽게 사양하려 했다.

"번거로운데 뭐 이렇게 자꾸 고쳐주나요. 나이 들면 못난 게 당연한 거지."

그러면서 어머니를 그윽하게 바라보는 아버지. 그 눈빛에 애틋함과 사랑이 담겨 있었다.

어머니는 부케를 앞에 쥐고, 가슴이 약간 파인 순백색의 신부 드레스를 입었다. 드레스 한쪽엔 신부가 좋아하는 반짝이로 된 아름다운 문양이 있었다. 사진을 찍기 전에는 너무나 행복해했지만, 막상 사진기 앞에선 긴장을 한 탓에 표정이 부자연스러웠다.

"엄마. 뭘 그렇게 부끄러워해요?"

"네 아빠 잘 생긴 얼굴 보니까 좋아서 그렇지."

어머니는 이마의 주름이 깊게 접히도록 환하게 웃었다.

"네 엄마가 난 제일 예쁘다."

아버지가 많이 변하셨다. 예전에는 상상도 못할 말씀이었다.

나의 아내, 리아는 예비 시부모님의 리마인드 웨딩 장면이 인상적인지 열심히 사진을 찍고 있었다.

함께 지켜보던 누나는 아까부터 보이지 않았다. 누나를 찾아보니 한쪽 구석에서 눈물을 훔치고 있었다.

분명 아름다운 광경이었다. 그러나 제대로 결혼식도 못 치루고 결혼생활을 시작했던 두 분의 과거, 그리고 병환으로 고생하는 지금의 상황을 떠올려서인지 누나는 연신 눈물을 찍어내고 있었다.

나는 누나 옆으로 다가가 등을 가볍게 두드렸다. 하지만 어느샌가

내 두 눈도 뜨거워졌다. 아들로서 또 한의사로서, 부모님이 겪게 될 앞으로의 여정이 어떨지 머릿속에 그려졌기 때문이다.

지난 5개월은 두 분에게도, 우리 형제들에게도 힘든 시간이었다.

2008년 9월 아버지의 암 진단에 집안은 쑥대밭이 되었다. 늘 활력이 넘치고, 무너질 것같지 않던 아버지였기에 형제들은 한동안 공황 상태에 빠졌다. 누구나 발병할 수는 있는 암이었지만, 그 대상이 아버지가 될 줄은 상상도 못했다.

진단 후 바로 시행된 담관암 수술. 중앙을 가로지르는 30cm 이상의 절개선, 간의 70%를 덜어내는 큰 수술이었다. 긴 절개선을 보면서 가족들은 한숨을 지었다. 더구나 아버지는 고령에 체력까지 떨어져 항암치료를 받지도 못했다.

엎친 데 덮친 격으로, 두 달 후 어머니 또한 대장암 진단을 받았다.

당시 어머니는 아버지를 간병하기 위해 줄곧 병원에 계셨다. 배가 자꾸 아프고, 변이 좋지 않다고 하셨는데, 작년 11월부터 그 증상이 더욱 심해졌다. 당신 스스로는 나이 들어 으레 변이 가늘어졌나보다 하고 생각했다.

증상이 날로 심해져 대장 내시경을 하게 되었다. 대장 내시경을 하러 간 날, 예정에 없던 CT를 응급으로 찍게 되었다.

"검사결과가 좋지 않네요. 당장 터진다 해도 전혀 이상하지 않을 정도입니다. 대장 내시를 하려고 기구를 넣었는데, 내시경이 들어가지도 않을 정도였어요. 직장 입구에서 암 덩어리를 발견했습니다.”

담당의사의 이야기를 듣던 나는 경악했다. 담당의가 곁눈질로 내 얼굴을 보며 덧붙였다.

“직장 근처에서 항문을 거의 막고 있었어요. 내시경을 더 깊이 넣었다가는 파열이 우려 되더군요. 바로 입원해서 수술 날짜를 잡아야겠습니다. 주위 임파 전이도 보입니다.”

아버지 수술 이후 잠깐 잠잠하던 집안 분위기가 다시 뒤집혔다.

수술 날짜가 급하게 잡혔다.

이번엔 아버지와 어머니의 상황이 바뀌었다. 수술 전날 차비 아끼겠다고 버스로 가자는 어머니를 아버지가 한사코 택시에 태워 문경에서 서울대병원까지 올라오셨다.

어머니의 발병 이후 아버지는 많이 변하셨다. 어머니를 걱정하는 것은 물론 그전까지는 기대할 수 없던 애정 표현도 거침없이 하셨다. 당신 또한 몸이 안 좋은데, 간병을 자처하며 어머니 옆을 지켰다.

나는 낮에는 진료를 해야 했다.

아버지에게서 수시로 전화가 왔다.

“재규야, 어찌 그리 무심하냐. 아무리 바쁘더라도 엄마에게 전화드려라.”

어젯밤 어머니 병상 옆에서 쪽잠을 자고, 진료 때문에 일찌감치 병실을 나왔다. 무심하다는 아버지의 질타가 나로서는 의아하기만 했다. 하지만 이젠 아버지의 표현방식을 이해할 수 있었다. 그만큼 아버지의 마음이 간절했다. 가끔은 어머니에 대한 애정이 이처럼 자식을 향한 질타로 표현되기도 했다.

아버지의 사랑 덕분이었는지, 어머니는 위기 상황에 더 강하셨다.

늘 아버지가 강하고, 어머니가 약해 보였다. 막상 큰 병환이 있은 후에는 상황이 반대였다. 어머니는 수술 이후의 항암치료도 씩씩하게 받으셨다. 물론 항암치료는 극심한 구토, 통증 등을 동반하는 힘든 과정이었다.

8회에 걸친 긴 항암치료를 무사히 끝냈다. 아내가 항암치료를 끝낸 후 아버지는 환갑 이후에 친구들도 종종 한다며, 리마인드 웨딩촬영을 하자고 제안했다.

사진 촬영도 이제 거의 끝나고 있었다.

이번엔 캐주얼 복장으로 갈아입고 사진을 찍었다. 아버지는 패션 안경을 쓰고 빨간 상의를, 어머니는 흰옷에 청바지를 입었다. 제법 잘 어울렸다.

사진사는 하트 표시를 해보라고 하며, 유쾌하게 웨딩촬영을 이끌었다.

"신부님, 잘생긴 신랑님이 보는데, 표정이 너무 어색해요. 그리고 왜 이렇게 진지하세요? 자식들 다 결혼시키고 이젠 행복한 일만 남으셨는데요.”

잠시 어색한 시간이 흘렀다. 두 분이 암으로 투병 중임을 알지 못하는 사진사의 말에 어머니가 잠시 흔들렸다.

순간 그 동안의 일들이 스쳐 지나갔으리라. 4남매를 출가시키고, 이제 남은 녀석도 결혼한다고 예비신부가 바로 앞에 와 있었다. 말 안 듣던 막내 녀석이 마침내 한의원을 개원하고 더 걱정할 바도 없었다. 남들처럼 해외여행도 다니며 즐거운 노후를 맞이할 시간만 남은 줄 알았다. 하지만 운명처럼 두 달의 시간차를 두고 암이 발견되었다. 그리고 곧바로 큰 수술과 항암치료로 힘겨운 시간을 보내고 있었다.

남들처럼이란 말이 왜 이렇게 힘들었을까.

수십 년을 쉼 없이 성실하게 살아왔던 노부부의 남은 여생을 신은 질투한 것일까.

눈물이 흐르며 어머니의 화장이 지워졌다. 아버지도 덩달아 눈물을 흘리셨다. 더 이상 예전 아버지의 모습이 아니었다. 지켜보던 누나는 부모님을 다독이러 올라갔다. 이미 눈이 퉁퉁 부은 누나가 다시 손수건을 꺼냈다.

격해진 감정을 주체하지 못하는 나를 지켜보던 리아가 바깥 바람을 쐬자며 팔을 잡아끌었다.

다가오는 이별

"얼마 남지 않았다."

처방전을 싸며 아버지가 말씀하셨다. 당신이 쌓아 올린 수십 년의 기록이었다.

원장실 다락엔 월별로 모아둔 처방전이 가득 있었다. 다락에 올라가면 처방전과 고서로 가득해 오래된 도서관의 향기가 풍겨왔다.

그렇게 빨리 다가올 줄 몰랐다. 막연히 언젠가 아버지는 은퇴하고, 나는 당신의 뒤를 이을 것이라고 생각했을 뿐. 하지만 당신의 은퇴는 암이라는 병마(病魔)에 쫓기어 서둘러 준비되고 있었다.

아버지는 차에 싣고 가라며 한 무더기의 처방전을 약방 마루 끝에 놓아 두었다. 당신이 아껴 보던 의서들도 다 챙겨가라고 잔소리를 하셨다.

"매주 내려오거라. 아직 배워야 할 게 많다."

신혼여행을 다녀온 직후 아버지에게 인사를 하러 갔을 때였다. 잘 다녀왔느냐란 인사보다 앞으로의 일을 더 염려하고 계셨다. 신혼의 단꿈에 젖을 법도 하지만, 난 당신의 생각에 고개를 끄덕여 동의했다.

아버지 말씀의 무게를, 나는 알고 있었다.

대를 이은 의업이란 무게를, 너무도 잘 알고 있었다.

"여보, 애들 신혼여행 다녀와서 피곤한데, 오늘은 보내고 담에 또 얘기해요."

저녁을 함께 먹고 난 뒤였다. 아버지의 얘기가 길어질 것을 염려한 어머니는 아들 편을 들었다. 아버지는 곰곰이 생각하다가 입을 여셨다.

"애들이 찾아와도 앞으로 몇 번 올 수 있겠어. 오늘부터 해야 돼."

예전 같으면 당신의 생각에 어긋나면 화부터 내셨겠지만, 암 투병 이후 아버지는 어머니에게 많이 부드러워졌다. 어머니는 얼른 일어서서 출발하라고 눈짓을 했다. 나는 이번만은 어머니의 눈짓을 외면할 수밖에 없었다.

"아버지, 내일 새벽에 올라가면 됩니다. 오늘부터 공부하죠."

아버지의 간절한 생각을 읽었기에, 나도 당신의 말씀에 동의했다.

아버지는 바로 평상시 많이 보던 방약합편(方藥合編-조선후기 대표의서, 처방을 보제류 위주의 상통(上統), 화제류 위주의 중통(中統), 공제류 위주의 하통(下統: 攻劑類)으로 구분)을 꺼냈다.

“오늘은 상통(上統)을 보자. 학교에서 다 배웠냐?”

“네. 방약합편은 유명한 책인데요.”

“그럼 자음건비탕(滋陰健脾湯)은 어떤 처방이더냐?”

“어지럽고, 불안한 증상에 씁니다. 수험생에게도 많이 쓰고요.”

수험생들에게 몇 차례 썼던 처방이라 자신 있게 대답했다.

다시 아버지는 질문이 이어졌다.

“본초 구성은 어떻게 되냐?”

난 잠깐 생각하느라 아버지의 눈을 피해 창 쪽을 바라보았다.

“백출, 복령…… 당귀, 작약, 인삼…….”

“이 녀석아, 그건 모르는 거다.”

아버지의 목소리가 높아졌다. 하지만 당신의 음성이 예전 같지는 않았다. 문득 화를 낼 때면 온 집안을 얼게 했던, 예전의 당신이 그립다는 생각이 들었다.

“생각하고 대답하는 게 아니라, 그냥 쭉 단숨에 나와야 돼. 백출 한 돈 반, 진피, 반하, 복령 한 돈, 당귀, 작약, 생지황 칠 푼, 인삼, 복신, 맥문동, 원지 오 푼, 끝으로 천궁, 감초 세 푼.”

아버지는 지금도 줄줄 외고 계셨다. 입이 벌어졌다. 상통에 나오는 처방 50개는 완전히 외워야 한다고 강조하셨다.

10시가 넘어가자, 아버지는 눈을 비비며 머리를 자꾸 흔들었다. 당신의 의지와 상관없이 체력이 갑작스레 떨어지고 있었다. 이젠 내가 당신을 배려해야 할 때였다.

"그만 자야겠어요. 내일 새벽에 출발해야 돼서요. 시차 때문에 졸리기도 하고요."

"예끼, 이놈. 공부하기 싫어서 그런 거지? 다음에는 상통61에 있는 경옥고를 만들어보자. 다음 주도 내려와."

그렇게 시작된 처방 공부는 당신이 삶을 마감하는 날까지 계속되었다.

신혼여행에서 돌아오자마자 시작된 공부에 아내도 어떤 직감을 느꼈는지, 한약방의 약장 앞에서 공부하던 아버지와 나의 사진을 찍어 두었다. 그것은 현업에서 마지막 불꽃을 태우던, 아버지와 함께 찍은 마지막 사진이 되었다.

다음 주에 다시 고향에 내려갔다. 아버지는 대구 약령시의 정 사장에게 미리 부탁해 생지황즙과 인삼 분말, 복령 분말, 토종꿀을 준비해 놓으셨다. 예전에는 직접 지황즙도 짜셨지만, 이젠 힘에 부쳤다.

아버지는 마음이 급하셨던지, 나를 보자마자 바로 작업하자며 독촉했다.

"꿀은 약한 불에 끓여. 옆에서 꼭 지켜봐야 한다. 거품이 나오면 바로 걷어내고, 적당히 끓으면 불을 꺼."

반죽은 나의 일이었다. 약재 분말과 생지황즙, 꿀을 구석구석 섞이

도록 오랫동안 반죽을 했다. 예전에도 한 번 했던 작업이었지만, 아버지는 제대로 하는지 확인하고 싶으셨나 보다. 동작 하나하나를 유심히 지켜보고 계셨다.

잘 반죽이 된 약재를 단지에 담고, 한지와 삼베로 입구를 막았다. 단지를 더 큰 솥에 넣어서 중탕을 시작했다.

아들의 작업하는 모습이 나쁘지는 않았나 보다. 아버지는 한참 땀 흘리며 일하고 있는 나에게 질문하셨다.

"작업하는 거 보니 혼자도 할 수 있겠다. 경옥고는 어떤 효능이 있느냐?"

"정(精)을 채우고 수(髓)를 보하며 모발을 검게 하고 치아를 나게 합니다. 기관지가 약하고 피부가 좋지 않은 사람에게 좋습니다."

한 주 동안 방약합편 상통의 조문을 열심히 외웠다. 책에 나와 있는 경옥고의 효능을 쭉 이야기하자, 아버지가 환하게 미소를 지으셨다.

"다음에는 사향공진단을 만들어보자."

"녹용공진단은 만들어봤어요. 하지만 아직 제대로 된 사향을 못 봤어요."

"좋은 사향 구하기가 힘들지……."

사향에 대한 이런저런 이야기를 나누던 중, 아버지가 갑자기 옆구리를 움켜잡았다. 수술한 부위에 통증이 재발했는지, 의자에서 내려와 원장실 바닥에 배를 잡으며 고통스러워했다.

아, 아버지…….

나는 쓰러진 아버지를 등에 업고 응급실로 달려갔다. CT 검사를 하고, 진통제와 수액을 맞았다. 강한 진통제가 몸에 퍼지자 아버지는 비로소 편안한 숨을 내쉬었다.

2009년은 숨가쁘게 흘러갔다.

부모님의 힘겨운 암 투병, 나의 결혼, 딸아이 출산, 그리고 이별의 준비.

우주의 기운은 분명 존재한다. 때론 우리가 설계하지 못하는 일을 한다. 사람의 힘으로 된 게 아니었음을, 긴 시간이 흐른 후에야 깨닫곤 한다.

아버지가 그토록 마음 졸이며 애태웠던 긴 배낭여행의 시기에 난 한 여자를 만났다.

당시엔 각자 가야 할 곳이 있었기에 헤어져야만 했다. 긴 시간이 흐른 후 한국에서 다시 만났다. 그것도 그녀가 일하기 위해 외국으로 떠나기 하루 전날이었다. 그녀와 연락이 닿았고, 거짓말처럼 우리는 연애를 시작했다. 그리고 그녀와 결혼하고 싶다는 소망을 품기 시작했다.

기쁨도 잠시, 곧이어 아버지의 담도암이 발병했다. 얼마 되지 않아 또 어머니가 대장암 수술을 하게 되었다. 내년을 기약하기 힘든 상황이었다.

아버지는 간의 70%를 잘라내는 큰 수술을 했음에도 여전히 맹렬한 속도로 달려드는 병마에 쫓기고 있었다. 지난 검사에서 복막 주변과 척추 쪽으로 전이가 확인되었다. 고령과 체력을 감안해 항암치료도 할 수 없었다. 이제 병원에서 해줄 수 있는 것은 마약성 진통제뿐.

나는 늦은 밤까지 당신의 질환을 연구했고, 처방을 고뇌했다. 생간건비탕(生肝健脾湯)이라는 처방과 산삼 추출물로 만든 약침, 통증을 줄이기 위한 침구치료, 그리고 양방에서 연구되고 있는 NK세포를 활용한 면역치료를 병행하기로 했다.

당신의 체력과 상황에 맞는 최선의 치료를 고민했지만 공부할수록 어렵기만 했다. 유명한 명의들을 찾아가 논의를 해보았다. 최선을 다할 따름이라는 대답만 돌아왔다.

병마의 검은 그림자가 우리 집을 덮치고 있을 때, 한 아이가 잉태되었다.

당신의 철없는 막내아들이 이제 아빠가 되었다. 그리고 그 손녀를 병마와 힘겹게 싸우고 있는 당신의 품에 안겨드렸다.

그 아이가 백일이 되고, 조촐한 백일잔치를 하며 아름다운 새 생명을 축하하던 그날, 아버지는 서울대병원 응급실에 들어가셨다. 며칠이면 나올 수 있으리라 기대했다. 그러나 예정된 퇴원 전날 고열과 급성황달로 담관에 관을 꽂게 되었다. 다시 호전이 되어 퇴원하던 날, 앰뷸런스로 옮기는 과정에서 담즙배액관이 빠져 응급수술을 하게 되었다.

그리고 그 후엔 병원을 벗어나지 못했다.

나 또한 낮엔 한의원, 밤엔 서울대병원을 오가며 간병했다. 문득문득 하늘이 당신을 부르는 듯한, 사람이 어찌할 수 없는 신의 뜻을 실감하고 있었다.

감사하게도 성탄절과 새해 첫날 함께 보낼 수 있는 시간을 허락하셨다.

거기까지였을까.

2월이 되자 더 이상의 시간은 허락되지 않았다.

우린 그저 고향의 산천을 바라보고, 고향의 향기를 맡으며 이별하기를 소망했다.

고향에 모시고 가리라

서울대병원 간암병동.

병상에 누워 있는 한 명 한 명의 환자가 죽음과 싸우고 있었다.

그 싸움의 막바지에 선 한 사람이 있었다. 그 한 사람이 아버지였다.

건조한 병실 한쪽 구석의 가습기는 허공을 향해 끊임없이 분무를 해댔다. 병실의 습도는 유지될지언정 타들어 가는 가슴까지 적셔주진 못했다.

아침엔 태어난 지 갓 5개월이 넘은 아로가 다녀갔다. 할아버지와 인사하기 위해.

딸아이에게 당신과의 마지막 인사라고 이야기하고 싶진 않았다.

아기의 미소가 병실을 환하게 했다. 잠시뿐이었다. 이윽고 다시 죽음의 무게에 짓눌리고 있었다.

나는 아버지 머리맡 작은 의자에 앉아 가까이에서 당신의 숨소리를 느껴보았다. 콧등에서 흘러나오는 숨, 가슴이 위아래로 움직이는 모습……. 하나하나 눈에 새겨 두었다.

당신의 손을 잡은 지 얼마나 되었을까. 화장실에 가는 시간조차 아까웠다. 조금이라도, 단 한순간이라도 당신의 손을 놓치고 싶지 않았다.

아버지의 손을 잡고 지난밤부터 당신의 이야기와 나의 이야기를 들려주었다.

한의대 시절부터 배낭여행을 떠난 이야기, 개원 후 한의원 이야기……. 중간중간 당신에게 미안하다고도, 고맙다고도 했다. 어디서 그런 힘이 났는지, 나는 몇 시간을 멈추지 않고 이런저런 이야기를 풀어냈다.

아버지는 나의 머리를 천천히 쓰다듬었다. 난 어린아이처럼 당신의 손길을 느끼며 눈을 감았다.

그리고 다시 눈을 뜨곤 아버지의 덥수룩한 턱수염을 바라보았다.

"어릴 때 아버지가 턱수염으로 제 얼굴을……."

당신은 한약방 일을 마치고 집에 들어오면 하루의 안부를 묻듯 턱수염으로 어린 아들의 볼을 비벼주었다. 아버지로서 아들에게 내보일 수 있는 가장 친밀한 스킨십이었다.

황달기에 퀭한 눈으로 아버지는 살며시 미소를 지었다.

아침이 지나면서 희미하지만 생기가 돌았다. 당장 꺼질 듯하던 작은 불씨가 조금 더 살아나자, 나는 고향에 가야겠다는 생각을 다시금 했다.

먼 타향에서 눈을 감게 할 순 없었다. 당신의 생각도 그러하리라.

고향 생각을 하면서 난 아버지의 칠순 잔치를 떠올렸다.

칠순 잔치는 집에서 열렸다.

아버지는 예전엔 예순만 넘어도 상노인이라 했는데, 칠순이 넘는다고 하니 감회가 새로우신 듯했다. 어릴 때 자주 아파서 당신이 칠순을 넘게 살 거라고는 생각을 못한 듯했다. 재작년 중풍 이후 예전보다 더 늙긴 했지만, 그래도 후유증에서 많이 회복되었다.

자녀들이 먼저 노래를 하며 흥을 띄웠다. 그리고 어머니, 마지막으로 오늘의 주인공인 아버지 차례였다. 마이크가 넘어온 아버지는 잠시 머뭇거리다가 노래를 부르기 시작했다.

고향무정.

어린 시절 아버지를 따라 관광버스를 타면 곧잘 부르셨던 그 노래였다. 하지만 예전과 달리 음성은 크지 않았고, 음정도 불안했다.

구름도 울고 넘는 울고 넘는 저 산아래

그 옛날 내가 살던 고향이 있었건만

잔치의 주인공인 아버지가 노래를 시작하자, 친척분들은 ‘얼씨구 좋다’하며 추임새를 넣었다. 손주들도 할아버지 앞에서 재롱을 부렸다. 장가 안 간 막내아들인 나는 손주 몫까지 더해 춤을 추었다.

노래가 후렴 구절로 접어들면서 함께 합창을 했다. 친척들은 각자의 옛 시절을 떠올리며, 고향을 떠올리며 감회에 젖는 듯했다.

****

산소포화도가 다시 올라갔다.

혈압, 맥박이 지난밤보다 많이 안정되었다. 호흡기를 단 채, 마약성 진통제, 승압제가 지속적으로 투여되고 있었다. 하지만 약의 힘만으로는 이 기적을 설명하기 어려웠다.

29일, 30일에도 임종을 준비하고 있었다. 하지만 당신은 그때마다 다시 기적처럼 일어났다. 사람들은 아버지의 강한 의지력에 놀라워했다.

아버지의 표정이 조금 더 편안해 보였다. 아버지는 옛 생각이 나는지 칠순잔치 이야기를 들으며, 마주 잡은 손을 더 꼭 쥐었다.

“재규야.”

목소리가 조금 돌아왔다. 당신의 말씀 한마디도 놓칠 순 없었다.

“네, 아버지. 뭐 필요하세요?”

당신의 조그마한 목소리에도 안도가 되어 나는 살짝 들뜬 채로 대답했다.

"그 노래…… 불러 줄래?"

"아버지 좋아하는 그 노래요?"

당신은 고개를 천천히 끄덕였다.

새들도 집을 찾는 집을 찾는 저 산아래
그 옛날 내가 살던 고향이 있었건만

난 당신의 귓가에 닿을 듯이 입을 가져가 노래를 불렀다.

가까이서 당신의 얼굴을 바라보았다. 초췌한 누런 빛깔의 얼굴, 흰자위 또한 황달기가 많이 진행되고 있었다. 코끝에 주입되는 산소를 통해 거칠게 호흡을 하고 있었다.

팔에 꽂혀있는 수액관, 옆구리에 달려 있는 담즙배액관, 소변줄, 대변봉투……. 몸에 매달린 여러 관들을 보며 이제 보내드려야 할 때임을 절절히 느꼈다.

그리고, 고향에 반드시 모시고 가야겠다고 결심했다.

지금은 어느 누가 살고 있는지
지금은 어느 누가 살고 있는지

아버지는 입술을 움직여 조금씩 따라하려 애썼다.

그러다 당신은 눈을 감았다.

당신의 눈가로 눈물이 흘러내리고 있었다.

아버지.

당신의 눈물을 보자, 참고 있던 나의 눈물도 터져버렸다.

병상에 누워 있는 당신을 부둥켜안고서, 난 당신의 이름을 하염없이 부르고 또 불렀다.

아버지. 아버지. 아버지…….

눈물의 귀향

먼 여행을 떠나기 하루 전.

본관 암병동 6인 병실. 그날 아침도 병원의 일상은 반복되었다. 아침 9시가 되자 주임교수가 회진을 돌았다. 뒤로는 담당의와 인턴 등 5명이 뒤따라다니며, 주임교수의 말을 열심히 메모하고 있었다.

회진 팀이 다가오자 아버지가 등을 힘겹게 일으키며 인사하려 했다. 아버지는 폐렴이 진행되어 호흡기를 단 채로, 교수를 향해 고개를 살짝 숙였다. 몸에 밴 예절이 병과 사투하는 와중에도 빛을 발했다.

담당의는 '오늘은 어때요'하며 상투적인 질문을 했다. 하지만 병색이 완연한 아버지를 보며 의사의 직감이 오는지, 곁에 선 의사와 이런저런 얘기를 하더니 보호자를 불렀다.

의사가 조용히 물었다.

"오늘 내일 중으로 돌아가실 수도 있습니다. 연명치료를 해드릴까요?"

연명치료라 함은 사망 직전에 전기충격기나 강심제 등을 투약해서 심기능을 유지시키고, 혀가 말려 호흡이 안 될 경우 삽관하기도 한다. 이 단계에서는 다시 기적처럼 살아나는 경우는 거의 없다. 죽음은 예정된 것이고, 다만 보낼 준비가 안 된 가족들이 마음의 준비를 하고 임종의 시간을 맞는 것이다.

담당의의 사무적인 질문에 순간 섭섭함이 들었다.

"선생님 가족이라면, 어떻게 선택하실 건가요?"

역으로 질문하는 나를 바라보는 담당의의 시선이 약간 흔들렸다. 마음의 움직임이 있었는지 살짝 미소를 지으며 물었다.

"1인실은 환자가 많아서 없고 2인실이 있는데, 옮겨드릴까요?"

"고향에 내려갈 수 있을까요?"

나는 다시 물었다.

2인실에서 임종이라……. 옆에 환자가 있는데, 배려라는 이름으로 맘껏 아버지의 이름을 부르고 울 수 있을까? 차라리 고향에 가서 임종을 맞이하는 게 어떨까?

"시도는 해볼 수 있지만 도중에 돌아가실 수도 있습니다. 만일에 가시게 된다면, 저희가 의사를 한 명 붙여드리겠습니다."

가족들 중 일부는 길 위에서 돌아가시게 해선 안 된다며, 만약의 경우를 들어 반대했다.

난 아버지의 오랜 생각을 알기에 귀향을 강하게 주장했다.

지난 가을, 아버지는 급작스럽게 병원에 들어오면서부터 틈만 나면 봉우재(아버지 농장이 위치한 곳)에 가고 싶어 했다. 이십여 년 전부터 아버지는 함창읍 오봉산 아래에 농장을 마련했고, 황토집을 지어 노년을 준비하셨다. 입구까지 도로를 만들고, 감나무와 사과나무를 심었다.

봉우재는 당신이 태어난 이안 여물리와 가깝기도 했고, 오래 살았던 함창 땅에 위치해 있었다. 그렇게 당신은 그곳에서 어머니의 숨결을 느꼈나 보다.

점촌에서 차로 20분 거리인지라, 거의 매일 봉우재를 다니셨다. 고희를 앞두고는 환자도 그렇게 많지 않아 평상시엔 늘 봉우재에 계시곤 했다. 불쑥 환자에게 전화가 오면 비로소 한약방에 나오셨다.

당신의 묏자리도 미리 봉우재에 준비했고, 비문이 적힌 비석도 세워놓았다. 건강하실 때는 이해할 수 없는 아버지의 준비였다. 막상 상황이 긴박하게 돌아가는 지금, 아버지의 혜안이 얼마나 대단했는지 알 수 있었다. 아버지의 준비가 없었다면, 황망한 가운데 묏자리나 비석 등의 준비에 허둥대며 당황했을 것이다.

"형님 갑시다. 아버지가 정말 가고 싶어 하는 봉우재예요. 고향에서 돌아가실 수 있다면 아버지께 마지막 선물이 될 거예요. 여기서 임종하면, 가족끼리 마지막 인사도 제대로 못할 것같네요."

며칠 전 암병동에서 먼저 사망한 환자가 있었다. 병상이 꽉 차서 1인실로 옮길 수도 없었다. 6인실에서의 임종. 사투를 겪고 있는 다른 환자 때문이라도 임종이 요란할 수 없었다. 인사의 시간도 그리 길지 못했다. 환자를 바로 다른 곳으로 이동했고, 가족들은 슬픔을 제대로 표현할 시간도 갖지 못했다.

임종이란 떠나는 사람도, 보내는 사람도 준비가 되어야 하는 것이다. 세상의 모든 이별이 그렇듯이.

49재는 무엇이고, 1년 상은 무엇이고, 3년 상은 무엇인가? 어차피 고인은 이곳에 없는데……. 결국 산 사람이 보낼 준비가 되었을 때, 이제 이만하면 되었다 할 때 보낼 수 있는 것이다.

귀향을 결정했다.

앰뷸런스를 섭외하고, 젊은 의사 한 명이 동승했다. 나는 가족을 대표해 앰뷸런스에 올랐다. 비상시를 대비해 의료인인 내가 아버지 곁을 지키는 게 낫다는 형제들의 판단이었다.

2월 1일 저물 무렵, 앰뷸런스는 경광등을 켜고 고향으로 출발했다.

석양이 서울대병원 건물을 아스라이 비추고 있었다. 당신이 병마와 사투했던 지난 두 달이 아련하게 느껴졌다. 아버지의 사투, 그리고 옆을 지켰던 나의 분투가 떠올랐다.

앰뷸런스 창밖으로 병원이 점점 멀어지고 있었다. 시원섭섭했다.

이제 고향으로 간다. 길 위에서 아버지를 돌아가시게 할 순 없다. 반드시 아버지를 점촌까지 모시고 갈 것이다. 이건 나에게 주어진 절체절명의 과제였다.

난 힘을 내야 했다. 아버지의 정신은 혼미해지고 있었다. 가는 시간 내내 아버지에게 무언가를 얘기하며, 아버지를 깨워야했다. 동승한 의사는 휴대전화기를 계속 보고 있다가 중간에 한 번씩 바이탈을 체크했다.

주마등처럼 아버지와 나의 추억이 떠올랐다. 출발하는 순간부터 점촌에 닿을 때까지 나는 쉴 새 없이 그 추억을 얘기했다. 아버지는 숨 가빠하셨지만, 의식은 명료했다.

앰뷸런스는 경광등을 켜고, 맹렬하게 도로를 달리고 있었다.

눈치 없는 차가 앞을 막을 때면 '응급환자에요. 비켜주세요'라고 마이크로 방송을 하며 치고 나갔다. 시속 140에서 160킬로미터. 오늘은 과속하는 앰뷸런스 운전자가 마냥 고마웠다.

"막히지만 않는다면, 1시간 남짓이면 도착할 겁니다."

"선생님, 최선을 다해주세요. 제발……."

"아버지 좋으시죠? 점촌 가고 있어요. 이제 한강 다리 건너고 있어요."

드디어 중부고속도로에 접어들었다. 이제 이 길만 쭉 가면 된다. 아마 한 시간 안에 고향에 도착할 것이다.

"동서울 톨게이트를 막 지나고 있어요. 보이시죠?"

내 물음에 아버지는 살짝 미소를 지으셨다. 힘은 없지만 무엇인가 말씀을 하려 했다. 나는 산소마스크를 살짝 벗겨 드렸다.

"재규야, 밥은 먹었냐?"

순간 눈물이 흐르는 것을 억지로 참았다.

"아버지 교수회관 2층 중국집 가서 밥 먹었어요."

아버지는 서울대병원 검사받으러 오실 때 교수회관 2층 중국집을 종종 가시곤 했다. 그곳의 잡채밥이 맛있다고. 그런 아버지를 위해 나는 태연하게 거짓말을 했다.

"그래, 잘했다."

아버지는 긴 문장을 말할 순 없었다. 숨이 부족했기에 짧은 문장으로 힘겹게 몇 마디하셨다.

"아버지, 저 고등학교 때 학원 간다고 하고선, 여고 방송반 여학생 꽁무니 쫓아다녔어요."

"개원하기 전 배낭여행 갔을 때 두 달을 아버지에게 연락 안했었죠. 걱정 많이 하셨죠? 아버지가 자주 전화하시는 거 알고 있었지만, 일부러 연락을 끊었어요. 저에게 너무 소중한 시간이었거든요."

희미해져 가는 의식을 살리기 위해, 나는 일부러 아버지가 화날 이야기를 골라냈다. 아버지는 실제로 그때의 고통이 다시 느껴지는지, 힘겹게 눈을 뜨셨다.

"아버지 그때 정말 죄송합니다. 연락 못 드려 아버지 힘들게 해서……. 아빠 정말 미안해요. 이제부턴 성실히 살겠습니다."

코끝이 찡해지고 눈물이 나오려 했다. 나는 눈물을 참으려 어금니를 사려물었다.

앰뷸런스는 괴산휴게소를 지나고 있었다.

밤하늘은 유난히 달이 밝고, 별들이 빛나고 있었다. 밝은 달빛에 멀리 백두대간 준령이 보이기 시작했다.

죽음의 그림자가 다가오고 있었다. 그러나 우린 한 걸음씩 더 나아가고 있었다.

"아버지, 아로가 많이 컸어요. 요즘은 밤에 잠을 안 자서 걱정이에요."

"걱정하지 마. 네가 고칠 거다."

아버지와의 추억, 개원한 후의 일들, 아로 이야기, 여행하면서 아버지 힘들게 했던 이야기를 계속했다. 드디어 문경터널을 지났다.

"이제 문경이에요. 아버지, 눈 떠보세요. 문경에 왔어요. 이제 얼마 안 남았어요."

쉬지 않고 얘기하려고 노력했다. 그러나 순간순간 감정이 격해져

중간중간 말을 멈출 수 밖에 없었다.

드디어 점촌 함창IC를 통과했다. 멀리 점촌 시내가 보이고, 시청이 보였다. 마음속으로 눈물을 흘리며 환호했다.

아버지도 희미하게 눈을 떠 주위를 보며 미소를 지었다. 나도 이렇게 고향이 반가웠던 적은 없었다.

시청 앞을 지나갔다. 시청 주위엔 예전에 한약 농사를 했던 아버지의 땅이 있었다. 시청을 새로 지을 때, 아버지는 시에 천 평의 땅을 기증했었다. 아버지의 선공후사(先公後私)의 정신은 시청이 지금의 위치로 오게 하는 데 결정적인 역할을 했다.

"아버지 시청이에요. 저기 아버지 땅이에요. 기억해요?"

희미해지는 의식을 붙잡기 위해 다시 말을 걸어 보았다.

"이제, 우리 땅 아니야."

순간적으로 미소가 살짝 나왔다. 의식은 명료하시구나.

제일병원에 도착한 시간은 서울대병원을 출발한 지 1시간 10분만이었다. 평상시보다 절반의 시간이 걸렸다.

고향에 돌아왔다는 기쁨에, 최선을 다해 운전해준 기사에게 먼저 포옹을 했다. 그리고 동승했던 의사에게도 감사의 인사를 드렸다.

병원 지인에게 미리 아버지의 귀향을 알렸기에 소식을 들은 아버지의 오랜 친구 두 분이 미리 나와 있었다.

아버지는 황달이 더욱 진행되어 온몸이 누렇게 변해 있었고, 흰자위에도 병색이 완연했다. 오랜 투병으로 뼈만 남을 정도로 체중이 빠져 친구들은 당신을 보는 순간 경악하며 눈물을 훔쳤다.

"아이고, 병갑아. 이게 무슨 고생이고."

누워 있는 상태에서도 일어나려고 등을 세우려 했다. 난 옆에서 아버지를 받쳐드렸다. 당신 입장에선 자신을 보러 온 친구에게 누워 얘기할 순 없기 때문이었다.

"류 선생, 집에서 쉬지 왜 왔어?"

아버지의 몸에 밴 타인에 대한 배려는 친구의 눈을 다시 한번 글썽이게 했다.

아버지가 나를 조용히 불렀다.

"약방 캐비넷을 열어봐. 사향공진단, 내가 만들어 놓은 거 있다. 네 엄마 몫이다."

귀를 가까이 대야 겨우 들릴 정도로 힘겹게 한마디 한마디를 이어 가셨다.

"네, 아버지. 염려치 마세요. 어머니는 제가 잘 돌봐드릴게요."

아버지는 투병하는 와중에도 대장암 수술을 받았던 어머니에 대한 걱정으로 노심초사했다. 이책 저책을 보고 대장암에 도움이 될 여러 가지 탕약과 환약을 만들어 어머니에게 복용을 시켰었다.

어머니는 고마워하면서도, 남편에게 애정 어린 투정으로 말씀하시곤 했다.

"난 저 약은 안 맞아. 그건 소화가 안 돼. 큰 환약은 나 먹기 힘들어."

아버지는 공진단도 준비하셨다. 보통은 탄자대로 만드는데, 어머니를 위한 맞춤으로 녹두대로 만들어 소화가 잘 안 되는 어머니를 배려했다.

녹두대 크기의 사향공진단은 아버지의 오랜 고민의 결과였다.

"재규야, 또 만들거라. 작게 만들어."

아버지는 거칠게 숨을 내쉬며 천천히 말씀하셨다.

"엄마는 사향이 몸에 맞아. 좋은 사향을 다섯 개 구해 놨다. 몇 년치는 될 거야."

아, 어머니를 향한 마지막 처방전이었다.

마지막 처방전

지난밤은 바람이 많이 불었다.

며칠째 잠을 제대로 못 잤지만 일부러 잠을 청하진 않았다. 아니 잠이 오지 않았다.

당신 또한 잠을 이루지 못했다. 고통스럽게 숨을 쉬며 거친 호흡을 계속 했다. 아버지의 상태는 지금 눈을 감아도 이상하지 않을 정도로 좋지 않았다.

수일 전부터 폐렴이 급속히 악화되었다. 거친 숨을 내뱉었고, 가끔은 '끄억'하고 호흡이 몇 초 동안 멈추기도 했다. 어젯밤에 찍은 엑스레이 사진에는 폐가 90퍼센트 이상 하얗게 나왔다. 엑스레이 사진만으로도 의사는 고개를 가로저었다.

담낭배액술로 옆구리에 관을 꽂았지만 지속되는 황달을 막지는 못했다. 흰자위는 물론 몸 전반적으로 노란색이 더욱 진해졌다. 3일 전부터는 식사도 아예 하질 못했다.

이젠 의미 없는 연명치료는 하지 않겠다.

밤을 지새우며 기도를 했다. 아버지의 고통을 멈추게 해달라고.

그동안 기적을 기도했지만 이제는 그저 평안하시기를 기도했다.

고향의 힘이었을까. 고향에 있다는 것만으로도 아버지는 서울대병원에 있을 때보다는 편안한 얼굴이었다.

병원에 있는 지인의 배려로 1인실을 배정받았다. 덕분에 주변을 신경쓰지 않고, 아버지와 대화할 수 있었다.

한때는 왜 당신의 잔소리가 듣기 싫었을까. 이젠 그 호통마저 아련한 과거가 되고 있었다. 대답을 잘 하시진 못하지만 이런저런 얘기를 나누며, 종착역에 다다른 아버지의 긴 여행에 대한 마지막 아쉬움을 달랬다.

아버지의 귀향은 밤새 소리 소문 없이 퍼졌다. 마지막 인사를 하러 오는 고향의 친구, 친척들이 아침부터 줄을 이었다.

아버지는 사람들에게 고개를 끄덕이며, 작은 목소리와 가녀린 몸짓으로 고맙고 건강하라며 당부했다. 보는 이마다 입을 다물지 못하고 돌아서 눈물을 훔쳤다. 옆을 지키는 어머니의 눈물은 그칠 줄 몰랐다.

아버지가 나를 향해 오라는 손짓을 했다.

무언가를 말씀하려는 것 같았다. 팔을 내밀었다. 맥을 잡아보라는 무언의 몸짓이었다.

아, 마지막 순간까지도 어리석은 아들에게 무언가를 전해주려 하시는구나.

그동안 눈물을 애써 참았다. 아들로서 흔들리는 모습을 보이고 싶지 않았다. 떠나는 길에 흔들리는 아들의 모습을 보면 당신의 마음이 편치 않으시리라.

아버지는 말할 힘이 없으신 듯했다. 그러나 당신의 마음을, 아들은 이젠 말을 하지 않아도 알 수 있었다.

아버지의 맥을 잡았다.

느리게 힘없이 뛰고 있었다. 서맥(徐脈)이었다. 또한 불규칙적이었다. 부정맥인데, 가끔 튀는 듯한 맥이 나왔다. 산맥(散脈)이었다.

한 가지가 더 있었다. 가라앉고 느린 맥, 찰흙같이 식고 가라앉은 느낌의 맥이었다. 촌관척이 약간씩 다르게 뛰고 있었다. 이런 맥은 처음 잡아보는 것이었다.

"아버지, 서맥(徐脈), 허맥(虛脈), 부정맥 중의 산맥(散脈)이 잡힙니다. 하나 더, 가라앉고 촌관척이 따로 뛰는 듯한 느낌의 맥이 있습니다. 이게 아마……."

사증(死症)의 맥이리라.

아버지의 마지막 가르침이었다.

주위에 인사 온 친척분들이 놀란 표정으로 나를 말렸다. 죽음을 앞둔 상황에 무슨 경망한 질문이냐며 그저 엄숙히 아버지를 지켜보라는 뜻이 담겨 있었다.

그들의 조언을 듣지 않았다. 아니, 들리지 않았다. 아버지의 무언의 호통이 너무나 컸기 때문이었다.

대를 이은 의업의 무게는 결코 가볍지 않았다. 하나라도 더 가르치려는 아버지와, 하나라도 더 배우려는 아들. 이제 우리에겐 남은 시간이 거의 없었다.

언제 임종 상황이 닥칠지 몰라 도시락을 준비해 병실 한 구석에서 식사를 했다.

식사를 못하는 아버지에게 폐를 끼친다는 얘기를 누군가 했다. 하지만 형제들은 밥을 씩씩하게 먹는 모습을 보여주는 게 낫다고 생각했다. 옳은 판단이었다. 아버지는 살짝 눈을 뜨고 말씀하셨다.

"밥 많이…… 먹어……."

아……. 가이없는 당신의 사랑.

애써 아버지에게는 웃음을 보였다. 속으론 눈물을 삼키며 씩씩하게 밥그릇을 비웠다. 함께 한 마지막 점심 식사였다.

오후 3시 45분.

병실의 기계가 요란하게 울렸다.

의사와 간호사가 급하게 달려왔다.

"아버님 곧 운명하실 거 같아요. 맥박이 느려지고 있어요……. 50, 40, 30……."

"여보, 안 돼요. 이렇게 가시면 안 돼요."

격하게 소리치는 어머니.

형제들도 각기 마지막 인사를 했다.

"아빠, 그동안 고마웠어요"

"아부지, 이렇게 가시면 어떡해요."

"아버지, 죄송합니다. 앞으로 잘 살께요."

눈을 감은 아버지를 부둥켜안은 채 어머니는 통곡했다. 평생을 함께한 반려자와의 이별이었다. 삶과 죽음이 갈리는 그곳에서 어머니는 울부짖었다.

병실을 내려다보며 떠날 채비를 하던 아버지가 아내의 통곡으로 발걸음을 차마 떼지 못하셨을까. 또 한번의 기적이 일어났다.

사랑하는 아내에게 마지막 인사를 하기 위해 당신은 육신으로 잠깐 돌아오셨다. 회광반조(廻光返照)였다.

아내를 몇 초 동안 바라보고, 그리고 자식들에게로 눈길을 옮겼다. 난 당신의 눈빛을 보며, 당신의 마지막 말씀을 읽을 수 있었다.

여보, 이제 나 갈께. 한 평생 고마웠소.

그리고 아들아, 엄마를 잘 부탁한다.

그리고, 아버지는 다시 눈을 감았다. 영원으로.

의사가 재빨리 경동맥을 확인하고, 눈의 동공반사를 살폈다. 마지막으로 혈압과 맥박을 살피고는 고개를 옆으로 가로저었다. 간호사는 의사의 몸짓에 알겠다는 듯 고개를 가볍게 끄덕였다.

세상이 정지된 것만 같다.

주위의 모든 소리가 사라진 것만 같았다.

순간의 아찔한 적막감을 뚫고서 어머니가 다시 오열했다.

어머니의 오열에 비로소 나도 아버지의 마지막을 실감했고, 주체할 수 없는 눈물을 흘리기 시작했다.

슬픔을 가누지 못하는 가족들 사이로 간호사가 들어와 주위를 정리하기 시작했다. 산소마스크가 제거되었고, 심장에 붙어 있던 검사기와, 손끝에 달려 있던 기기도 하나씩 떨어져 나갔다. 옆구리에 달려 있던, 그리고 온몸에 줄줄이 달려 있던 관들이 빠졌다.

그동안 당신의 힘겨웠던 투병이 떠올랐다.

"아버지, 이제 고생 끝나셨어요. 편히 쉬세요."

나는 아직 체온이 남아 있는 당신의 이마에 작별의 입맞춤을 했다.

별은 졌다.

아버지의 장례는 당신을 기억하는 사람들로 인산인해를 이루었다. 아버지는 당신이 그렇게 가고 싶어하던 함창 봉우재에 묻히셨다. 엊그제까지 차갑던 겨울 추위는 당신이 봉우재에 돌아가던 날, 거짓말처럼 따뜻한 햇살로 당신을 안아주었다.

장례식마저 끝이 났다.

형제들이 먼저 떠난 후 나에겐 할 일이 남아 있었다. 나에겐 아직 끝이 아니었다.

작년 가을까지만 해도 당신의 온기로 처방을 내던 아버지의 한약방, 한때는 많은 사람들로 가득 찼던 공간이 주인을 잃은 채로 텅 비어 있었다.

영창당한약방 진료실의 문을 열었다. 아버지의 투병생활로 3개월을 비운 터라 먼지 낀 듯한 두터운 공기와 방의 냉기가 몸을 움츠리게 했다. 창문을 열고 환기를 하고, 방에 보일러를 틀었다.

아버지의 책들을 둘러보고, 이젠 주인 없는 책상을 망연히 바라보았다. 당신이 앉았던 그 자리에 앉아 당신을 떠올리며 눈을 감았다. 아버지와 마주 보며 처방을 논했던 시간들이 주마등처럼 떠올랐다.

순간 나는 당신이 옆에 있다는 느낌에 나도 모르게 아버지를 불렀다. 하지만 당신을 부르는 나의 목소리는 이내 두터운 정적 속에 묻혔다.

책상 위에는 당신이 자주 보던 방약합편이 놓여 있었다. 책꽂이에 정리하기 위해 책을 드는 순간, 갈피 사이에 끼어 있던 하얀 종이가 바닥에 툭 떨어졌다.

그것은 처방전이었다.

손에 힘이 없으셨는지, 약재명은 어지럽게 쓰어져 있었다.

처방전 상단의 환자명을 보고서 난 책상 위에 얼굴을 파묻었다.

극심한 복통을 참아가며 한 글자씩 처방전을 써내려갔을 당신을 떠올리며, 눈앞이 흐려졌다. 뜨거운 눈물이 한 방울씩 처방전 위에 떨어졌다.

당신의 마지막 환자는 어머니였다.

대장암으로 투병하는 어머니에게 맞는 처방을 고심하며, 응급실에 입원한 그날까지 방약합편을 손에 놓지 않으셨다.

'원용분골 당귀 산수유 4냥, 사향 5돈, 기력저하시 인삼 숙지황을 더할 것. 반드시 녹두대 크기로 할 것. (元茸粉骨 當歸 山茱萸 各 四兩, 氣力低下時 加 人蔘 熟地黃, 必綠豆大)'

다시 가슴속에 뜨거운 무언가가 차올랐다.

이제 당신의 뜻을 이어, 내가 나아가야 할 때가 왔다.

오랫동안 열리지 않았던 책장 옆 캐비닛 문을 열었다. 아버지가 어머니를 위해 남긴 보사향 다섯 개가 캐비닛 구석에 고이 놓여져 있었다.

당신의 사랑하는 아내를 위해 남긴 마지막 처방전을 조제해야 했다.

에필로그

마지막 처방전을 남기고, 아버지는 먼 길을 떠나셨습니다.

아버지의 마지막 환자였던, 당신이 사랑했던 아내의 처방을 저는 오늘도 고심하고 있습니다.

자정이 훌쩍 넘은 시간, 주위는 고요하기만 합니다.

책상 위에는 암과 관련한 책들이 수북히 쌓여 있습니다. 책장을 넘기는 소리만이 밤의 정적을 깨뜨리고 있습니다.

어머니의 기억력이 해가 갈수록 떨어지고 있습니다. 이번엔 어렵게 구한 8년근 야생황기를 처방에 넣어 보려 합니다.

10여 년을 암투병하며 강인한 정신력으로 버텨온 어머니는 저에게 늘 도전 과제를 줍니다. 대장암 수술 이후로도 두 번 재발하여, 큰 수술과 항암치료를 거듭해야 했습니다.

아버지가 남긴 사향으로 만든 공진단은 이 고귀한 환자가 죽음의 고비를 넘길 용기와 힘을 주었습니다. 수년 전부터는 뇌종양 후유증과 싸우고 있습니다. 치매기가 오고 있고, 다리의 기력이 떨어져 이제 걷기가 힘듭니다.

아버지.

여러 의서를 구석구석 읽어보고, 당신이 남긴 처방전을 찾아봅니다. 퇴근 시간이 많이 지났지만, 이 환자에게 맞을 최선의 처방이 어렵기만 합니다. 보양환오탕(補陽還五湯)을 지난 겨울부터 계속 쓰고 있지만, 뇌종양 후유증과의 싸움은 쉽지가 않습니다. 지난달부터는 사향공진단도 다시 투약하고 있습니다.

기력이 조금씩 회복되는 듯하다가 다시 주저앉기를 반복합니다. 이럴 때 당신은 어머니께 어떤 처방을 쓰시렵니까?

오늘도 당신이 쓰던 약장으로 어머니의 처방을 조제하고 있습니다.

지난번엔 감초가 담긴 통이 세월의 힘을 못 이기고 약간 깨졌습니다. 저는 작은 못으로 조심스레 약장을 고쳤습니다.

아버지가 선물해 주신 약장은 원장실 한쪽에 있고, 당신이 스승께 받았다는 백 년이 된 작은 약장은 부원장실에 두었습니다.

아버지의 약장 앞에 설 때면, 저는 당신의 존재를 느끼곤 합니다. 약장의 배열을 보면서, 처방을 할 때마다 당신의 생각을 좇아 봅니다.

약장에 적혀 있는 신농유업(神農遺業)의 글귀. 저는 당신의 호를 따라 석농유업(石農遺業)으로 한 글자를 바꾸려 합니다. 아버지의 가르침은 저의 가슴 속에 살아 있습니다.

당신의 오동나무 약장은 지금도 이곳에서 숨쉬고 있습니다.

아버지, 아로와 노아가 부쩍 컸습니다. 지난번 할머니의 처방을 조제할 때엔, 아로와 노아가 옆에서 도와 주었습니다. 탕전한 약을 박스에 손수 담고, 할머니 힘내라며 손편지를 넣었답니다.

아로는 제가 진료하는 모습을 보고, 나중에 한의사가 되고 싶다는 말을 한 적이 있습니다. 어린 딸에게 네가 하고 싶은 것을 해야지 하고 웃으며 이야기했지만, 속으로 흐뭇한 마음을 감출 수는 없었습니다. 당신이 오래전 느꼈던 마음이 아마 이런 마음이었겠죠?

아로와 노아가 한의원 벽 입구에 걸린 아버지 사진을 보고선, 할부지께 인사한다고 배꼽인사를 하고, 얼굴을 어루만지더군요. 저는 흐뭇하게 그 모습을 바라보다가 갑자기 눈을 돌릴 수 밖에 없었습니다.

지금도 당신을 생각하면 가슴이 따뜻해지고, 때론 정리되지 않은 감정이 북받쳐 오릅니다. 코끝이 시큰해져 눈이 붉어지곤 합니다.

당신의 아들도 이제 의업에 들어선 지 10여 년이 넘었습니다.

원장실 한켠에 아버지가 손수 쓴 처방전을 가득 채워놓았습니다.

처방을 고민할 때면 어김없이 당신의 처방전을 찾아봅니다.

그 속에서 난 여전히 당신과 대화하고 있습니다. 아버지의 생각을 좇을 때도, 그리고 논쟁할 때도 있습니다.

그렇게 켜켜이 쌓인 처방전에서 난 당신의 숨결을 느낍니다.

나의 아버지, 나의 스승이신 당신을 기억해 봅니다.

요즘 하이얀 살구꽃이 피고 있습니다.

이번 주말 고향에 내려가면, 당신 앞에 살구꽃 한 가지를 올려놓으려 합니다.

살구나무 아래에서

2021년 1월 10일 초판 1쇄 발행

지은이 · 전재규
펴낸이 · 조금현
펴낸곳 · 도서출판산지
주소 · 서울시 서초구 방배중앙로83, 302호
전화 · 02-6954-1272
팩스 · 0504-134-1294
이메일 · sanjibook@hanmail.net
출판등록 · 2018년 5월 18일 (제 2019-000233호)

ISBN 979-11-971033-3-9

이 도서의 국립중앙도서관 출판예정도서목록(CIP)은 서지정보유통지원시스템 홈페이지(http://seoji.nl.go.kr)와 국가자료종합목록 구축시스템(http://kolis-net.nl.go.kr)에서 이용하실 수 있습니다. (CIP제어번호: CIP2020054844)